JN307048

官能アンソロジー

妖《よう》炎《えん》奇《き》譚《たん》

睦月影郎
森奈津子
草凪　優
菅野温子
橘　真児
藍川　京

祥伝社文庫

目次

鬼待宵草《おにまつよいぐさ》

睦月　影郎

著者・睦月《むつき》影郎《かげろう》

一九五六年神奈川県生まれ。『おんな秘帖』で時代官能の牽引役となり、その後も次々と作品を発表、今最も読者を熱くする作家である。作品に『おんな曼荼羅』『うれどき絵巻』『寝とられ草紙』など多数。近著に『ももいろ奥義』(祥伝社文庫刊)がある。

1

(懐かしい……、三十年ぶりか……)

水島《みずしま》は月の昇る山に向かい、坂道を上りながら思った。

同窓会で久々に故郷に帰った彼は、同窓生たちと飲み、皆と別れてから一人、自分が生まれ育った界隈《かいわい》を歩いていたのだった。

もう零時《れい》を回り、当時とあまり変わらぬ住宅街はどこも暗くひっそりとしていた。

ただ、彼が高校時代まで住んでいた長屋は取り壊されてハイツが建ってしまったが、その裏山に入っていくと、一気に少年時代に返ったように懐かしい木々の連なりと新緑の香りが彼を包み込んだ。

同窓生とはたまに会うこともあるが、それは街中ばかりだったので、ここまで歩いてきて、この山に入ったのは三十年ぶりだった。

そう、高校三年生の十七歳、今頃の季節だった。

水島岩男《いわお》は四十七歳、独身のフリーライターだ。

今夜、ここまで来てしまったのは、ほろ酔いの気まぐれだった。夜中でも、街まで戻ればタクシーも拾え、今の住まいまで小一時間で帰れるし、仕事も一段落した時期だから明日はゆっくり寝られる。

しばらくは上り坂になって木々が多くなっても、左右には家々が点在していた。

水島はハンカチを出し、すっかり薄くなった頭の汗を拭《ふ》いた。体重は九十キロあるから坂道が少々きつかった。

（三十年前は六十キロぐらいだったから、年に一キロずつ増えたのか……）

彼は苦笑して思いながら、ゆっくりと歩き、やがて人家が無くなって小さな公園が見えてきた。ここも、幼い頃からの遊び場だ。

何やら、子供なのに夜中に家を抜け出したような気になった。山を下りれば、そこに両親の待つ長屋があるような気がした。

誰もいない公園には、ブランコと滑《すべ》り台、シーソーがある。幼い頃の彼は引っ込み思案だったから、いつも他の子供たちに独占され、ブランコに乗りたくても言い出せず、夜中なら一人で好きなだけ乗れるのに、と何度も思ったものだった。

しかし結局、夜中に家を抜け出して公園に来たのは十七歳。親に隠れてタバコを吸いに来たときだった。

この公園の場所は、明治大正の頃は火葬場だったらしい。その名残《なごり》に、公園の裏手には立派な地蔵《じぞう》が建ち並んでいる。多くの子供が公園で遊んでいるのを、じっと見守ってきた地蔵たちだ。

その公園の脇を通過すると、真ん中の一番大きな地蔵と顔が合った。

地蔵が、「これより奥へは行くな」と言っているような気がした。

(そう、三十年前のあのときも、そう言っていたな……。でも行きたいんだ……)

水島は心の中で地蔵に言い、さらに奥の山へと入っていった。そして歩きながら、三十年前の出来事を思い出していた……。

——十七歳の時も、何やら艶《なま》めかしい山の気に誘《いざな》われるように、彼は夢の中にでもいるような心地で奥へ歩いていったのだ。

すると、垣根に囲まれた一軒の小さな家にたどり着いたのである。

こんなに近所なのに、山奥に一軒家があるとは思わず、しかも中から灯《あか》りが洩《も》れているので、何やら懐かしい気がしたものだった。

垣根には、小さな黄色い花が咲いていた。

夜に咲いているので、そう思って十七歳の岩男は呟《つぶや》いた。

「月見草か……？」

すると、垣根の中から声が返ってきたのだ。

「それは月見草じゃないわ。鬼待宵草」

女の声に驚きながら、彼は答えていた。

「お、おにまつよいぐさ……？」

「そう」

彼女は垣根の裏から門の方へと移動し、姿を現わした。浴衣《ゆかた》姿の、黒髪の長い色白の美女である。三十歳前後だろうか。鼻筋が通り、小さな口が赤く、切れ長の目がじっと彼を見つめている。

甘く匂うのは、花の香りだろうか。彼女のフェロモンだろうか。

岩男は妖《あや》しいとか怖いとか思う前に、うっとりと彼女に見惚《みと》れてしまった。何しろオナニー全盛期、性欲満々の十七歳だ。しかもファーストキスさえ未経験で、機会があれば誰でもいいから女性と知り合いになりたいと思っていた時期だから、いっぺんに彼女に魅《み》せられてしまった。

「どうぞ、中へ。外は冷えるわ」

彼女は言い、先に玄関から入っていった。冷えると言いながら、彼女は浴衣一枚で寒そうな様子も見せていない。

岩男も、思わず吸い寄せられるように従い、中に入っていった。

上がり込むと、裸電球の下、六畳一間に床《とこ》が敷き延べられ、傍《かたわ》らには卓袱台《ちゃぶだい》と茶簞笥《ちゃだんす》、テレビもなく、彼女は一人暮らしをしているらしい。

「高校生ね？　受験勉強の合間に散歩に出たの？」

「ええ、そんなようなもんです……、ここで、一人で暮らしているんですか」

「そうよ。ここで迎えを待っているの」

彼女が布団《ふとん》に座って言い、岩男も腰を下ろした。

迎えとは、家族のことだろうか。

親か亭主か、誰かが来たらここを引き払って、どこかへ行くのかも知れない。気にはなったが彼女がそれ以上言わないので、岩男も立ち入ったことを訊くのを控えた。というより、消極的で、元もと口数が少ないのだ。

「公園の、下の方の長屋に住む坊ちゃんね」

彼女が言う。やはり家に籠《こ》もっているわけではなく、当然ながらたまには山を下りて買い物などをし、その折りに彼を見かけたのだろう。しかし岩男の方は、彼女を見るのは初めてだった。

「坊ちゃんだなんて……、水島岩男です。その、何て呼べば……」

「まちこ。待っている子と書くの」

「待子さん……」

声に出し、思わず彼は顔を熱くさせた。何しろ、女性の名をさん付けで呼ぶのは初めてなのだ。

待子も、彼を誘ったのに茶一つ出さず、じっと正面から彼を見つめているだけだ。

「将来は何になりたいの？」

「どこか大学の文学部に入って、文章修業をして、物書きになれたらいいと思います」

「そう、じゃ今いちばん関心のあることは、文学？」

「いえ……、その……」

岩男は言いよどみ、思わず彼女の胸元に視線を這《は》わせてしまった。

「そう、やっぱりセックスに関心がある？　まだ経験がないのね。顔に書いてあるわ。それなら、願いを叶《かな》えてあげられそう……」

待子は、いうなり立ち上がって帯を解きはじめたのだ。

（え……？　いったい何が……）

自分の身に何が起きようとしているのか、岩男は理解できずに混乱した。

「私が初めての女になるのが嫌なら帰って。良いならば脱いで」

待子はくるくると帯を解いて落とし、浴衣を脱ぎ去った。

生ぬるい風が甘く舞い、彼女は下には何も着けておらず、たちまち一糸まとわぬ姿になってしまった。

岩男は目を奪われた。肌は透《す》けるように白く、乳房も腰も豊満で、ウエストがキュッとくびれ、何とも見事なプロポーションだったのだ。

「さあ、早く決めて」

「は、はい……」

岩男もシャツを脱ぎ、立ち上がって下着ごとズボンを引き下ろして全裸になった。

待子は満足げに笑みを含み、彼の手を握って引き寄せ、布団に横たえた。

布団にも枕にも、甘ったるい匂いが染みつき、彼は初めて女性の全裸を見て、しかも自分の全裸も見られて激しく勃起していた。

待子が添い寝し、上から覆《おお》い被さるように唇を求めてきた。

ピッタリと密着すると、柔らかな感触と湿り気が伝わり、岩男はファーストキスの感激に酔いしれた。

長い黒髪がサラリと流れて視界が薄暗くなり、その内部に花粉のように甘く生温かな美女の吐息が籠もった。

そして触れ合ったまま待子の口が開き、間からヌラリと舌が伸ばされてきた。

それはヌラヌラと妖しくナメクジのように蠢《うごめ》きながら、彼の唇の内側に侵入し、歯並びをたどり、チロチロと歯茎《はぐき》まで舐《な》めてくれた。

彼が歯を開くと、内部にも侵入し、長い舌が口の中を舐め回した。

岩男も舌を触れ合わせると、それは嬉々としてからみつき、待子は炎のように熱い息を弾ませながら、生温かくトロリとした唾液を流し込んできた。

恐る恐る彼も舌を差し入れていくと、

「ンンッ……！」

彼女は鼻を鳴らし、チュッと強く吸い付いてきた。

長いディープキスがどれだけ続いただろう。待子は執拗《しつよう》に舌をからめながら彼の頰《ほお》を撫《な》で回し、さらに胸から腹を撫でて、とうとう屹立《きつりつ》したペニスにも微妙なタッチで指を這わせてきたのだった。

「ああッ……！」

生まれて初めて他人に触れられ、岩男は口を離して喘《あえ》いだ。

「どうしたの。いきそう？」

待子が、淫《みだ》らに唾液の糸を引きながら、顔を寄せて囁《ささや》くと、彼は小さく頷《うなず》いた。

「そう、いいわ。じゃ先に一回出しちゃいなさい。若いのだから、どうせ続けて出来るだろうし、その方が落ち着いて初体験が迎えられるわ」

待子は言い、長い髪で彼の肌を撫でながら、ペニスへと顔を移動させていった。

そして幹にやんわりと指を添え、先端に舌を這わせてきたのだった。

2

「アア……、す、すぐいきそう……」

憧《あこが》れのフェラチオに、岩男は声を震《ふる》わせて悶《もだ》えた。

彼女の熱い息が恥毛をそよがせ、長い髪もひんやりと彼の下腹や内腿《うちもも》を刺激的にくすぐっていた。

舌先がチロチロと這い回り、尿道口から滲《にじ》む粘液を舐め取ってくれた。さらに張りつめた亀頭全体を舐め、幹をたどって陰嚢にもしゃぶりついてきた。

緊張と興奮に縮こまった袋を温かな唾液にぬめらせ、二つの睾丸を舌で転がしては優しく吸った。

そして待子は彼の両脚を浮かせ、何と肛門まで舐め回し、舌先をヌルッと内部に押し込んできたのである。

「く……！」

岩男は、肛門から温かな風が入ってくるような快感に呻《うめ》き、キュッと美女の舌先を締め付けた。

待子は内部でクネクネと長い舌を蠢かせ、出し入れさせるように動かした。

まるで美女の舌に犯されているような気分だ。そして内部で裏側から操られているように、勃起したペニスが彼女の舌の動きに合わせてヒクヒクと上下に震えた。

岩男は、ペニスに触れられなくても、今にも果てそうなほど高まっていった。

やがて充分に愛撫《あいぶ》してから、待子はヌルリと舌を引き抜き、再び陰嚢の縫い目を舐めてから、ペニスの裏側をツツーッと舌先でたどり、今度はスッポリと喉の奥まで呑み込んできた。

「アアッ……！」

温かく濡《ぬ》れた口腔に包まれ、岩男は激しい快感に喘いだ。

待子は幹を丸く締め付けてモグモグと動かしながら、上気した頬をすぼめて吸った。

内部ではクチュクチュと長い舌がからみつき、たちまちペニス全体は美女の温かな唾液にどっぷりと浸《ひた》った。

「い、いきそう……」

絶頂を迫らせながら、警告を発するように口走ったが、待子の愛撫はますます強烈になっていった。

長い髪を揺らしながら顔全体を小刻みに上下させ、濡れた口でスポスポと濃厚な摩擦《まさつ》を開始してきた。まるで全身が、美女のかぐわしい口に含まれ、唾液にまみれて舌で転がされているような快感だ。

「も、もう……、あぁッ……！」

ひとたまりもなく絶頂に達し、岩男は喘ぎながら股間を突き上げ、溶けてしまいそうな快感に包み込まれた。

同時に、ありったけの熱いザーメンが、ドクンドクンと脈打つようにほとばしり、彼女の喉の奥を直撃した。まるで陰嚢に溜まったザーメンが、パニックを起こしたように、一気に狭い尿道口にひしめき合うようだった。

「ンン……」

噴出を受け止めながら待子が小さく声を洩らし、それでも口を離さず吸引を続けた。

だからうっかり漏らして美女の口を汚してしまったというより、彼女の意志で吸い出された感が強かった。

待子は亀頭を含んだまま口に溜まった分を喉に流し込み、なおも余りをすすった。

(ああ……、飲まれている……)

夢うつつの快感の中で、岩男は感激に包まれた。

口内発射で飲んでもらうなど、自分のように消極的な男は、一生縁がないのではないかとさえ思っていた憧れの行為なのだ。

そして彼女が嚥下《えんか》するたび、口の中がキュッと締まってダメ押しの快感が得られた。

やがて激しかった快感も徐々に下降線をたどり、岩男も最後の一滴まで搾《しぼ》り尽くしてグッタリと力を抜いた。

ようやく待子も吸い付きながらスポンと口を引き離し、なおも両手で挟むように幹をしごきながら、尿道口から滲む余りを舐め回した。何やら雌獣《めす》が、前足で押さえた骨片の先端をかじっているようだ。

「ど、どうか、もう……」

射精直後で過敏に反応し、彼は降参するように腰をよじって言った。

待子もやっと舌を引っ込め、彼の股間から離れて移動し、再び添い寝してきた。

「いっぱい出たわね。さすがに濃くて美味しいわ」

腕枕してくれながら囁き、彼の髪や頬を撫で回してくれた。待子の熱い息にザーメンの生臭さは残らず、さっきと同じ湿り気ある甘い芳香《ほうこう》が含まれていた。

「さあ、回復するまで、今度は私を気持ち良くさせて」

待子は言いながら、巨乳を彼の顔に迫らせてきた。

肌は透けるように白く、実際細かな血管が透けて見えるほどだった。

乳首も乳輪も綺麗な桜色で、胸元や腋《わき》からは何とも甘ったるい汗の匂いが悩ましく漂《ただよ》ってきた。

岩男はフェロモンに誘われるように、色づいた乳首に吸い付いていった。

「ああ……、いい気持ち……」

待子はうっとりと喘ぎ、彼の顔を抱きすくめながら仰向《あおむ》けになっていった。自然、岩男も受け身体勢になった彼女にのしかかる形になった。

コリコリと硬くなった乳首を舌で転がすように舐め、顔中を柔らかな膨《ふく》らみに押しつけた。そしてもう片方にも吸い付き、充分に愛撫してから、さらに濃いフェロモンを求めて腋の下にも顔を埋め込んだ。

そこには、何と淡い腋毛が上品に煙《けぶ》り、彼の興奮を高めた。

鼻を押しつけると、腋の窪《くぼ》みはジットリと汗ばんで生温かく、胸の奥が切なくなるほど甘ったるいミルクのような体臭が籠もっていた。

舌を這わせると、うっすらと汗の味が感じられた。

「くすぐったいわ。でも好きにして……」

待子は息を震わせながら、身を投げ出して言った。

岩男は滑らかな肌を舐め下り、腹の真ん中に戻って形良い臍《へそ》を舐め、張りつめた下腹から腰、ムッチリと張りのある太腿へと舌で降りていった。

早く神秘の部分を見たい気持ちはあったが、やはり美女の肉体を隅々まで味わってみたかったのだ。

それに早々と股間へ行くと、すぐ挿入して終わってしまいそうな気がするし、まだ射精したばかりなのだから、充分に回復するまで堪能しようと思った。

太腿も脛《すね》も、体毛が感じられずシルクのように滑らかな肌だった。

やがて彼は待子の足首を摑《つか》んで浮かせ、足裏に顔を押しつけた。

そして踵《かかと》から土踏まずを舐めながら、形良く揃《そろ》った指の間に鼻を割り込ませた。そこは汗と脂《あぶら》にジットリと湿り、蒸れた芳香が濃く籠もっていた。

「アア……、そんなところまで舐めてくれるの……、いい子ね……」

爪先《つまさき》にしゃぶり付くと、彼女は拒むどころかうっとりと足を差し出し、彼の口の中で指先を蠢かせ、舌をつまんできた。

岩男はほんのりしょっぱい味と匂いが消え去るまで貪《むさぼ》り、もう片方の足も同じようにした。すると彼女がゆっくりと寝返りを打ち、腹這いになってきたのだ。裏側も舐めろと言うのだろう。

岩男は嬉々として脹《ふく》ら脛から膝の裏側を舐め、太腿から豊かなお尻の丸みを舐め上げていった。

腰骨から背中にかけて舌を這わせると、やはり淡い汗の味が心地よく、彼は肩からうなじまで舐め、柔らかな黒髪にも顔を埋め込んで、甘い匂いで鼻腔を満たした。

そして来た道を戻って肌を舐め、たまに脇腹にも寄り道をしながらお尻へと達した。

今度は指で谷間を開き、奥でひっそり閉じられている薄桃色の可憐《かれん》なツボミを近々と観察した。

(何て綺麗な……)

岩男は目を凝らして思った。単なる排泄器官なのに、なぜこんなに美しいのだろうかと思った。可憐な襞《ひだ》はまさに花のツボミで、色合いも実に淡かった。

鼻を埋め込むと、ちょうど谷間にフィットし、ひんやりした丸い双丘が顔中に心地よく密着してきた。

三十年前のこの時代、トイレに洗浄器はなく、この一軒家も汲《く》み取り式だろう。

ツボミには、秘めやかな微香が馥郁《ふくいく》と籠もり、岩男は美女の恥ずかしい匂いに陶然《とうぜん》となった。

舌先でくすぐるようにチロチロと舐めると、細かな襞の収縮が伝わってきた。

彼は次第に大胆に舐め回し、充分に濡らしてから、自分がされたように舌を潜《もぐ》り込ませていった。

「あう……」

待子が顔を伏せたまま呻き、ピクンとお尻を震わせて反応した。内壁はヌルッとした粘膜で、うっすらと甘苦いような微妙な味覚が感じられた。

岩男は出し入れさせるように動かしたが、もっと舌が長ければ良いのに、と、奥まで届かないのをもどかしく思った。

そして舌の根が疲れるまで動かし、ようやく引き抜いて顔を上げると、待子も再び寝返りを打って仰向けになってきた。彼は待子の片方の脚を潜り抜け、いよいよ憧れ続けた女体の神秘の部分に顔を寄せていった。

もちろんここへ来るまでに、すっかり彼の若々しいペニスは回復し、今にもはちきれそうなほどピンピンに突き立っていた。

白く量感ある内腿が左右に大きく開かれて震え、その中心部からは悩ましい匂いを含んだ熱気と湿り気が漂い、彼の顔中を包み込んできた。

白く滑らかな肌が下腹から股間へと続き、ぷっくりした丘には黒々と艶《つや》のある茂みが情熱的に濃く密集していた。ワレメは肉づきが良く丸みを帯び、綺麗なピンクの花びらがはみ出し、ネットリと蜜《みつ》に潤《うるお》っていた。

「ああ……、恥ずかしい……。でも初めて見るのね。もっと奥まで観察して……」

待子は喘ぎながら言い、自ら両の人差し指を股間に当て、グイッと花弁を左右に広げてくれた。

陰唇はハート型に開かれ、中のお肉が余すところなく露《あら》わになった。

岩男は思わずゴクリと生唾を飲み、触れんばかりに顔を迫らせて目を凝らした。

3

（ここも、すごく美しい……）

生まれて初めて女性器を見た岩男は、感激と興奮にうっとりとなった。突起のある滑稽《こっけい》な男の性器と違い、それは妖しい花のように魅惑的だった。

奥では細かな花弁状の襞に囲まれた膣口が濡れて息づき、その少し上にポッンとした尿道口が確認できた。さらにワレメ上部には包皮の出っ張りがあり、その下から小指の先ほどもあるクリトリスが、真珠色の光沢を放って突き立っていた。

まだアダルト映像や裏本などもない時代、岩男は、エロ本の女性器図解を思い浮かべながら、一つ一つ瞼《まぶた》に焼き付けていった。

「ここへ入れるのよ……。早く入れたいでしょうけれど、その前に、舐めて……」

待子はワレメを開きながら、喘ぎを抑えるよう息を詰めて言い、さらに包皮を剝《む》いて完全にクリトリスを露出させた。何やら、果実の皮を剝いて、美味しい果肉を弟にでも食べさせるような仕草だった。

岩男は顔を埋め込み、まずは柔らかな茂みに鼻をこすりつけて嗅いだ。隅々には汗とオシッコの混じった芳香が生ぬるく染みつき、舌を這わせると、ヌメリは淡い酸味を含んでいた。

膣口周辺の襞をクチュクチュと掻《か》き回すように舐め、柔肉をたどってヌメリをすすり、クリトリスまで舐め上げていくと、

「アアッ……！　気持ちいいッ……！」

待子がビクッと顔をのけぞらせて喘ぎ、内腿でムッチリと彼の顔を締め付けてきた。

彼は豊かな腰を抱え込み、何度も深呼吸して茂みに籠もったフェロモンを吸い込み、舌を這わせては愛液を味わった。

「ああ……、いいわ、入れて……」

やがてすっかり高まったらしい待子が内腿をゆるめて言い、岩男も顔を上げて股間を進めていった。

緊張に息を震わせながら先端をワレメに押し当て、位置を探って動かした。

「もう少し下……、そう、そこ……」

待子が僅かに腰を浮かせ、位置を定めてくれた。するとと柔肉に添って押しつけていたペニスが、急に落とし穴に落ち込んだように、たちまちヌルッと潜り込んだ。

「あうう……、もっと奥まで……」

彼女が身を反《そ》らせて言い、岩男も肉襞の摩擦に包まれながら、ヌルヌルッと根元まで押し込んでいった。中は熱く濡れ、締まりも最高だった。

「いいわ、脚を伸ばして重なって……」

待子が下から指示してくれ、彼は締まりと潤いで抜け落ちないよう股間を押しつけながら、注意深く両脚を伸ばし、身を重ねていった。

すぐさま彼女が両手を回して抱き寄せ、ほんのり汗ばんだ肌が身体の前面に密着してきた。そしてクッションのように、彼の胸の下で巨乳が弾んだ。

「アア……、突いて、強く……」

彼女が待ちきれないようにズンズンと股間を突き上げながら言い、岩男も動きに合わせて腰を突き動かしはじめた。しかしぎこちなく、勢いがつきすぎてヌルッと抜け落ちてしまった。

「あん……、いいわ、気にしないで。私が上になっていい……?」

待子が言い、岩男も頷いて上下入れ替わり、仰向けになった。気負いと緊張に、ややペニスが萎《な》えかけていたが、彼女が屈み込んでもう一度含み、優しく吸いながら舐め回してくれた。

「ああ……」

岩男が喘ぎ、充分な硬度が復活すると、彼女は口を離して身を起こし、ペニスに跨《また》がってきた。唾液に濡れた幹に指を添え、先端を膣口にあてがいながら、息を詰めてゆっくりと腰を沈み込ませてきた。

「ああッ……、いい、奥まで当たる……」

再び、ペニスは柔肉の奥に潜り込み、彼女は完全に座り込み、股間を密着させて顔をの岩男も激しい快感に息を呑み、童貞を捨てた感激を、美女の温もりと感触の中で嚙みしめた。動かなくても、膣内がまるで舌鼓《したつづみ》でも打つように収縮を繰り返し、若いペニスを奥へ奥へと引き込むような蠢動《しゅんどう》をした。

待子は何度か股間をこすりつけるように動かし、そのたびに白い腹部が艶めかしくうねった。

やがて彼女が身を重ね、岩男の肩に腕を回し、上からシッカリと抱きすくめてきた。

彼も両手を回し、重みと温もりの中、美女の甘い吐息で鼻腔を刺激されながら無意識に股間を突き上げはじめていた。

「アア……、いいわ……、もっと突いて……」

待子が言い、今度は自分の方でコントロールしながら動きを合わせてくれた。大量に溢《あふ》れる愛液が彼の陰嚢まで生温かくヌメらせ、彼は心地よい摩擦に高まっていった。

「い、いきそう……」

待子は耳元で息を弾ませて言い、次第に動きを速めてきた。

そして彼女は激しく唇を重ね、貪るように舌をからめた。さらに興奮を高めた待子は、岩男の鼻の穴や頬も舐め回し、生温かな唾液でヌルヌルにしてくれた。

もう彼も、美女の唾液と吐息で限界に達し、たちまち宙に舞うような絶頂の快感に全身を貫かれてしまった。

「く……！」

突き上がる快感に短く呻き、岩男は激しく動きながら、熱いザーメンを勢いよく内部にほとばしらせた。

「アア……、熱いわ、もっと出して。気持ちいい……、ああーッ……！」

彼女は声を上ずらせ、ガクンガクンと狂おしい痙攣《けいれん》を開始した。どうやら彼の噴出を感じ取った途端、オルガスムスのスイッチが入ってしまったようだった。

同時に膣内の収縮も最高潮になり、何やら彼は全身が、この妖しい美女の体内に吸い込まれていくような錯覚に陥《おちい》った。

（いや、あるいは本当に体内に呑み込まれ、作り替えられて、あらためて彼女から産み出されたのかも知れない……）

あとになって水島は思ったものだが、そのときの岩男は初めて女体と一つになった感激と快感に我を忘れ、最後の一滴まで出し切ってからは、何分か意識を失ったかもしれないのだった。

彼女も動きを止め、徐々に肌の硬直を解いてグッタリと身を重ねてきた。

岩男は彼女の重みと温もりで我に返り、熱く甘い息を間近に嗅ぎながら、うっとりと快感の余韻《よいん》を味わった。

まだ深々と潜り込んだままのペニスが、ピクンと内部で脈打つと、

「あう……」

待子も声を洩らし、応えるようにキュッと締め付けてくれた。

「岩男君、気持ち良かった……？」

「ええ、とっても……、このことは一生忘れません……」

「そう、嬉しい。私も忘れないわ……」

待子が、何度となく彼の顔中にキスの雨を降らせながら囁いた。

それでも、すっかり満足したように、やがて彼女は股間を引き離し、チリ紙で優しくペニスを拭《ぬぐ》ってくれた。そして自分のワレメも手早く処理してから、再び添い寝して呼吸を整えた。

「ね、また来てもいいですか……」

「もちろん。また来るのよ。来たくなったら、いつでも待っているから」

待子はそう答え、やがて岩男は身を起こして服を着た。

「じゃ、僕帰ります」

岩男は言うと、彼女の家を出た。

初体験したことが嬉しく、まだ誰も経験していないであろうクラスの友人たちに、自慢したい気持ちでいっぱいになった。

しかし、誰にも言えないとも思った。

聞いた誰かが、山の奥へ行き、待子を訪ねてしまうかも知れないし、待子の存在を隠して、辻褄《つじつま》の合う巧《うま》い作り話も出来ないからだった。

そして岩男は来た道を引き返して山を下り、両親を起こさぬよう、そっと長屋に戻って眠ったのである……。

4

（そう、それからの俺は、何をやっても上手くいったものだった……）

山奥へ進み、月を見上げながら水島は思った。

待子との初体験を終え、間もなく十八歳になった彼は受験勉強に専念し、まあまあ志望の大学に入った。

しかし待子の家へは、あれから一度も行かなかったのだ。

行きたい気持ちはあったし、オナニーでは何度も待子とのことを思い出して熱いザーメンを放っていたが、どこかこの世のものとも思われぬ、待子の妖しい雰囲気《ふんいき》が急に怖くなったのだろう。

それでも、以後は何かと気をつけていたが、誰かが山奥から坂を下って買い物に来る様子もないし、探検するには幼くなく、もう受験で忙しくなっていたのである。

そして父親が別の市に家を新築することとなり、一家は長屋を引き払って引っ越し、岩男は東京で一人暮らしをし、大学生活を送ることになった。

卒業後は編集プロダクションに入り、編集の仕事をしながらライターとしても徐々に頭角を現わし、ナンパのハウツー本が当たって相当な収入を得た。

そう、大学時代から彼はやたらと女性にモテるようになり、シャイな性格も克服し、明るく話せるようになっていたのだ。

どんな美女でも口説けば簡単にセックスまで出来、別れるときもモメることなど一度もなく、時には十人以上の女性と並行して交際したこともあった。

貢《みつ》いでくれる年上のセレブ女性や、あるいは有名女優に歌手、可憐なアイドル系の女の子まで、水島は誰一人落とせないことはなく、常に多すぎるセックスフレンドに恵まれていたのだった。

処女も熟女も、みんな相性が良く、たまにうっかり中出ししてしまっても、妊娠するような不運には一回も見舞われなかった。もちろんアナルセックスもＳＭプレイも３Ｐも、およそ考えつくかぎりの快楽を貪った。

しかし、結婚だけは考えなかった。

彼は、より多くの女性が抱ける生活を止めたくなかったのだ。男女で最も大切なことは距離感だと思っている。同居したら身近過ぎて肉親感覚になってしまう。それほど、彼は性的な快感を第一としていたのだ。

だから複数の彼女たちとも、一人と会うのは月に一回ぐらいにし、月に十五人ばかりの美女と順番にデートしていた。家庭も子供も欲しくなかった。仕事にはやりがいを感じているし、一人の方が身軽で自由なのだ。

所帯を持つよう口うるさく言っていた両親も、彼が四十代に入ったとき、相次いで病死してしまった。

実家を売り払い、遺産で都内にマンションを買い、本の印税による少なくない収入で優雅な生活を送っていた。

（いや、俺が結婚しなかったのは、待子さんより美しい女性がいなかったからかも知れないな……）

それほど、彼は最初の女性である待子を神格化していた。それでも会いに行かなかったのは、年相応になってしまった彼女を見たくなかったからかも知れない。いや、あるいはまだ、この世のものではない畏《おそ》れを抱いていたのだろう。

彼が女性に絶大な人気を誇れるのも、待子と初体験をし、強運をもらったからだとも思っていた。あるいは待子の体内に取り入れられ、女性を惹《ひ》きつける不思議な力を持って生まれ変わったのかもしれない。

そして今回、同窓会のあと水島は、ふと生まれ育った場所へ来てみたくなり、そのまま山へ入ってしまったのだった。今までは、行こうと思うことはあっても、今一歩のところで行動には移さなかった。

しかし今夜の彼は別で、もうためらいなく踏み進んでいた。来たくなったら、いつでも待っているから、という待子の言葉を信じて……。

（あれは……、鬼待宵草……）

ふと、彼は彼方の垣根に咲く黄色い小花を見つけて思った。

そして垣根の向こうには、懐かしい待子の一軒家があったのだ。しかも、三十年前と同じく、灯りも洩れているではないか。

水島は高校生に戻ったように、九十キロの体重をものともせず小走りに家へと近づいていった。

こんな夜中に訪ねるのは非常識だが、灯りがついているのだ。それに彼も懐かしさと妖しい雰囲気に呑まれ、玄関を開けてしまっていた。

「ごめんください。夜分に済みません。水島岩男と言いますが」

声をかけると、何と、三十年前と全く変わらぬ浴衣姿の女性が現われた。

「ま、待子さん……、いや、そんな筈《はず》はないか……」

「どうぞ。お上がり下さい」

彼女は驚きもせず、笑みを含んで言い、彼も夢の中にいるようにフラフラと靴を脱ぎ、上がり込んでいった。

恐る恐る部屋に入ると、そこは三十年前と同じく、裸電球の下で布団が敷かれ、卓袱台と茶箪笥があり、全く変わりなかった。

待子も、三十歳前後のまま、とにかく何から何までが、あのときと同じなのだった。

「まさか、あのときに妊娠して、生まれた子が貴女《あなた》……？　それなら年格好も同じだし、では待子さんは、どこに……」

水島が言いかけたが、途中で彼女は首を横に振った。

「いいえ、私は待子よ。岩男君」

彼女が言った。確かに、他に住んでいる人もいないようだ。

「でも……」

水島は多くの疑問を口に出そうとしたが、待子は帯を解き、浴衣を脱ぎはじめた。みるみる、年を取らない瑞々《みずみず》しい素肌が露わになっていった。

三十年前は、一回りばかり年上だった彼女が、今は遥《はる》かに年下になっている。

水島も、淫気《いんき》に操られるように手早く服を脱ぎ、全裸になっていった。

たとえ待子が六十歳前後になっていても、美しい面影があれば抱きたいと思っていたのである。それが若いままなのだから、思考よりも肉体の方が反応し、行動を起こしてしまっていた。

全裸になった水島が、甘い匂いの染みついた布団に横たわると、彼女も傍らに座って三十年ぶりの彼を見下ろし、胸や腹を撫で回してきた。

「こんなに大きくなって……」

「もう、見る影もないでしょう……」

水島は、もう彼女が待子だと疑いもせず、年上の女性に甘えるように言い、胸の中を甘酸っぱい感情でいっぱいにさせた。

「嬉しい。あなたと多くの女の、淫らな気が溜まっている……」

待子は肌を撫で下ろし、やんわりとペニスを握りながら添い寝し、上からピッタリと唇を重ねてきた。

柔らかな感触が密着し、あの頃と変わらぬ、花粉臭の吐息が鼻腔を刺激してきた。

舌が潜り込むと、彼も受け入れて吸い付いた。

何やらファーストキスの感激が甦《よみがえ》り、流れ込む生温かな唾液で喉を潤すと、うっとりと甘美な悦びが全身に広がっていった。今まで何百人もの女性と交渉を持ってきたのに、キスだけでこんなに感激するとは、それこそファーストキス以来だった。

長く舌をからませ、すっかり彼が美女の唾液と吐息に酔いしれ、柔らかな手の中で激しく勃起すると、ようやく待子は唇を離した。

「飲ませて。あの時のように……」

「ええ……、でも、もう続けて二回できるかどうか……」

四十七歳になり、彼は日に一度の射精ですっかり気が済むようになっていたのだ。

「大丈夫。今のあなたは十七歳と同じよ……」

待子が彼の頰にキスをし、耳に熱い息を吐きかけて囁いた。そう言われれば、そんな気もする。今夜は、何度でも出来そうだった。

待子は彼の耳朶《じだ》をそっと嚙み、首筋を舐め下りて乳首に吸い付いてきた。

「アア……」

水島は童貞に戻ったように声を上げ、敏感にビクッと反応した。

待子は熱い息で肌をくすぐりながら舌を這わせ、彼の乳首をそっと嚙み、もう片方も念入りに愛撫してから肌を舐め下りていった。

股間に息がかかり、先端に舌が触れてきた。

「く……」

水島は快感に呻き、妖しい美女の愛撫に身を任せて高まった。

待子は丁寧に尿道口を舐め、亀頭をしゃぶり、幹を舐め下りて陰嚢にも舌を這わせてきた。二つの睾丸を舌で転がし、それぞれ優しく吸ってから脚を浮かせ、三十年前のように彼の肛門にも舌を差し入れてきた。

「ああ……、気持ちいい……」

水島は喘いだ。今まで、どんな美人女優に愛撫されても、これほどの快感は得られなかった気がする。やはり待子は特別なのだ。

彼女は充分に舌を蠢かせてから、再びペニスにしゃぶり付いてきた。

喉の奥までスッポリと吞み込み、温かく濡れた口の中を引き締めながら長い舌をからみつかせてきた。

たちまちペニスは美女の唾液にまみれ、最大限に膨張して震えた。

待子は長い髪を揺らしながら熱い息で恥毛をくすぐり、顔全体を上下させてスポスポとリズミカルな摩擦を開始した。

「ああ……、い、いく……」

水島は急激に高まり、口走った。

今まで、どんなに巧みなフェラをされても、こんなに早くは果てなかったのだ。それがひとたまりもなく絶頂に達してしまったのである。

大きな快感のうねりに巻き込まれ、彼は熱い大量のザーメンをドクドクと勢いよくほとばしらせた。

「ンン……」

待子は鼻を鳴らし、喉の奥を直撃されながら噴出を受け止めた。そして頬をすぼめて吸引し、喉に流し込んでいった。

強く吸われると、脈打って放出するリズムが無視され、何やらペニスがストローと化して、陰嚢から直接吸い出されているような快感が湧いた。

「アアッ……！」

水島は魂まで吸い出されるような激しい快感に喘ぎ、腰をよじりながら最後の一滴まで出し切った。今までで、快感も量も一番多かったような気がした。

「ああ、美味《おい》しい……」

待子はいったん口を離して言い、なおも余りをしごくように幹を握って動かし、尿道口から滲む白濁《はくだく》したシズクを舐め取った。

そして射精直後の水島が過敏に反応し、降参するようにクネクネと腰をよじると、ようやく全て吸い取って飲み干した彼女は顔を上げ、添い寝してきた。

「さあ、少し休憩して。前の時のように、私を悦《よろこ》ばせて……」

耳元で囁かれると、何やら水島は急激に回復してくる気になり、待子の巨乳に顔を埋めていった。

彼女も腕枕してくれ、優しく抱きすくめてくれた。

豊かな胸の膨らみや、汗ばんだ腋からは甘ったるいミルク臭のフェロモンが悩ましく漂い、水島は色づいた乳首に吸い付き、巨乳に手を這わせた。

「ああッ……、いい気持ち……」

待子が身悶《みもだ》えて喘ぎ、さらに濃厚な匂いを揺らめかせてきた。

水島は左右の乳首を交互に含んで吸い、充分に舌で転がしてから、腋の下にも顔を埋めていった。

そこには相変わらず楚々《そそ》とした腋毛が色っぽく煙り、彼は鼻をこすりつけて甘い体臭を嗅ぎ、やがて彼女の身体を上にさせていった。

5

「ね、顔を跨いで。下から舐めたい……」

水島は、仰向けになりながら言った。

すっかり体重が増えたので、仰向けの方が楽だし、それに真下から美女を見上げるのが好きだから、今はこのパターンが定着しているのだ。

「いいわ」

待子が言い、すぐにも身を起こしてきた。

「あ、その前に、足を顔に載せて……」

言うと、彼女は立ち上がり、壁に手を突いて身体を支えながら、ためらいなく彼の顔に足裏を載せてきてくれた。

水島は美女の足裏を舐め、指の股に鼻を割り込ませて嗅いだ。今も彼女の指の間は汗と脂に生温かく湿り、蒸れた芳香を籠もらせていた。

彼は爪先をしゃぶり、順々に指の股に舌を割り込ませて味わった。

「アア……、くすぐったくて、いい気持ち……」

待子はうっとりと喘ぎ、彼の口の中で指先を縮めた。

そして足を交代してもらい、彼は両脚とも念入りに貪り、ようやく顔を跨いでしゃがんでもらった。

彼女は和式トイレスタイルで腰を落とし、股間を水島の鼻先に迫らせてきた。

ムッチリと張りつめた脚がM字型に開き、ワレメから発する熱気と湿り気が、何とも悩ましい芳香を含んで顔中に吹き付けてきた。

開かれた陰唇の奥には濡れた柔肉が覗き、白っぽく濁った愛液が今にも滴りそうなほどシズクを膨らませていた。

水島は豊満な腰を抱えて引き寄せ、柔らかな茂みに鼻を埋め込んでいった。

馥郁たる汗とオシッコの匂いが、美女のフェロモンに混じって鼻腔に広がり、舐めはじめると温かな愛液が舌を伝って流れ込んできた。

膣口からクリトリスまで舐め回すと、

「ああッ……、いいわ、もっと舐めて……」

待子が熱く喘ぎ、うねうねと腰を動かした。

仰向けだと、ワレメに自分の唾液が溜まらず、溢れてくる愛液の様子が舌に伝わって興奮した。

水島は淡い酸味の蜜をすすり、さらに豊かなお尻の真下に移動し、谷間に鼻を押しつけていった。

今日も、彼女のツボミには秘めやかな微香が籠もり、彼は嬉々として嗅ぎながら舌を這わせた。昨今は、みな洗浄器付きトイレだから、抜き打ちに脱がせても無臭が多かったので物足りなかったのだ。

念入りに舐め回して細かに震える襞を味わい、内部にも潜り込ませて滑らかな粘膜まで堪能した。

「く……、んん……」

待子も息を詰め、モグモグと肛門を収縮させて彼の舌を味わっているようだった。

そしてワレメからもトロトロと新たな愛液を漏らし、彼の鼻を濡らしてきた。

やがて水島は舌を引き抜き、再びワレメを舐め回して蜜で喉を潤し、クリトリスに吸い付いていった。

「アア……、いいわ、入れたい……」

待子は喘ぎ、何度か彼の顔に遠慮なく体重をかけてグリグリと動かしてから、腰を浮かせて移動していった。すっかり回復しているペニスをしゃぶって唾液を補充すると、すぐにも身を起こして跨り、女上位で受け入れていった。

ヌルヌルッと滑らかにペニスが潜り込むと、

「あうう……、気持ちいい……！」

待子が顔をのけぞらせて口走り、根元まで柔肉の奥に呑み込んだ。

水島も、肉襞の摩擦と温もりに包まれながら快感を噛みしめ、股間に彼女の重みを受けて高まった。

勃起は一向に衰《おとろ》えることなく、自分でも驚くほど、若い頃に匹敵《ひってき》する勢いだった。

待子は股間を密着させながら身を重ね、彼の肩に腕を回してシッカリと抱きすくめてくれた。

水島も両手でしがみつき、徐々に股間を突き上げながら絶頂を迫らせ、待子の唇を求めて甘い唾液と吐息を吸収した。

「い、いきそう……、もっと突いて、アアッ……！」

待子が次第に勢いをつけて腰を動かし、声を上ずらせて喘いだ。

そして水島が股間を突き上げ続けるうち、彼女がガクガクと狂おしい痙攣を開始した。

「いく……、気持ちいいわ……、ああーッ……！」

たちまち声を上げ、彼女はすさまじいオルガスムスの波に呑み込まれ、膣内を収縮させてペニスを締め付けてきた。

「アアッ……！」

その勢いに巻き込まれるように水島も声を洩らし、大きな絶頂の快感に全身を貫かれていった。ドクンドクンとありったけの熱いザーメンが勢いよくほとばしり、彼は激しく注入した。

「いい……、もっと出して……、私の中に……」

待子は喘ぎ続け、ザーメンを飲み込むように膣内を締め付けた。

（え……？　こんなに……？）

ふと、水島は怪訝《けげん》に思った。若い頃のように大きな快感がいつまでも続き、脈打ってほとばしるザーメンも、永遠に無くならないように出続けているのだ。

このまま、命まで吸い取られてしまうのではないか、と彼は不安になったが、それでもようやく快感が下火になり、射精の勢いも弱まってきた。

「ああ……」

彼が出し切って動きを止めると、待子も満足げに声を洩らし、肌の強《こわ》ばりを解きながらグッタリと彼に体重を預けてきた。

やっと本当に済んだので水島は安心し、喘ぐ待子の口に鼻を押し当て、甘い匂いを胸一杯に嗅ぎながら、うっとりと快感の余韻に浸り込んでいった。

二人は溶けて混じり合ってしまうほど長く肌を重ね、荒い呼吸を繰り返していた。ようやく待子がノロノロと動き、股間を引き離して添い寝した。互いに拭き清めるような気力も湧かず、ただ身を投げ出していた。

「待子さんは、何者なんです……」

呼吸を整えながら、水島は甘えるように腕枕してもらいながら訊いた。

「まだ、半人前の、あやかし……」

待子が、まだ息を弾ませながら答えた。

「あやかしって、妖怪……？」

「そう、歳を取らず、鬼が迎えに来るのを待っているの。それまでの間、私は人の淫らな気を吸って延々と生きる。やがて一人前の淫鬼になるために……」

「人の淫らな気を……」

要するに、待子は修行中の妖怪と言うことなのだろうか。

「淫鬼って……？」

「淫らな鬼。人を操り、人の淫らな心を食べて生きるの」

彼女が言う。それが妖怪としての待子の運命らしく、淫鬼になるために修行するしかないようだった。

そしてどうやら待子は、まだ不完全ながら淫鬼の能力を発揮して気を飛ばし、最も近くに住んでいた彼を引き寄せたのだろう。水島は待子によって、餌《えさ》を運ぶ役に選ばれたのである。

「岩男君は、また三十年かけて、多くの女を抱いて、ここへ戻ってきて……」

「そんな、もうすっかり性欲も衰えてきたのに……」

「いいえ、あなたはもう十七歳に戻っているわ」

待子が、彼の髪を撫でながら囁いた。

「え……？」

水島は、驚いて自分の頭に触れた。薄くなっていた髪が、濃くなっているではないか。

そして全身が軽く、目も声もはっきりしている。

恐る恐る腹に触れると、丸く突き出ていた太鼓腹が平らになっていた。

「そんな……」

彼は声を洩らした。

してみると待子に、三十キロ分の淫気を、彼女の栄養として吸い取られたことになる。

不安は大きいが、ダイエットに失敗ばかりしていた彼は、こんなに簡単に痩《や》せたことが嬉しくもあった。

「運命だと諦めて。十七歳から四十七歳を、永遠に繰り返して、私に淫気を送り続けてもらうわ」

「では、時間も戻った……？」

「そう、今は三十年前の世界で、あなたは高校三年生。山を下りれば、ご両親のいる長屋があるわ。今の記憶を持ったまま、もう一度三十年をやり直して欲しいの。先のことが分かるから、今度はもっと楽で裕福な人生になるでしょう」

「…………」

言われて水島は、いや、十七歳の岩男は複雑な思いに駆られた。永遠に四十八歳にはならず、三十年を繰り返すのだ。十七から四十七が、最も性欲の持続する時期だというのだろうか。

不安はあるが、楽しいことも多そうだ。老後の心配は要《い》らないし、三十年経てばまたリセットされて十七に戻るのだ。大きな事件が起きるのも分かるから、ライター心がそそられる。

いや、未来に発表される文学作品を、先に書いてしまえば有名作家にだってなれるだろう。あるいは未来を予言する、占い師になっても良い。

それらで得をした全ては、またより多くの美女を確保するためにあるのだ。

そして数々の女性とセックスをし、自分の欲望と合わせて女性たちの淫気を吸収し、それを餌とする待子の元へ帰ってくれば良いのだ。鮭《さけ》が産卵のため、回遊して故郷の川を遡《そ》上《じょう》するように。

「じゃ、僕帰ります……」

岩男は言って立ち上がった。すっかり軽くなった身体が弾むようだった。

何と、そこには高校時代に着ていたシャツと下着、ズボンがあった。

セックスの最中に、時間も遡《さかのぼ》って、あの夜に戻っていたのだ。

当然ながら、彼が着ていた背広もズボンも消失し、平成の紙幣も携帯電話も、何もかも存在しなくなっていた。

彼は当時のままの服を着て、また三十年ひたすら待ち続ける待子をチラと見てから家を出た。

満月が真上にあり、垣根の鬼待宵草の花を照らしていた。

(三十年前というと、今は昭和五十四年か……)

岩男は思った。

明日学校へ行けば、懐かしい同級生たちに会えるだろう。急に彼が明るく積極的な性格になったら、みな驚くかも知れない。

何も大学まで待たなくても、高校のうちから好みの子にどんどん声をかけ、経験を積んでいこうと思った。同窓会では、彼のことを好きだったのに、と言ってくれた女子もいたのだから。

（いや、同級生の女子ばかりでなく、好きだった女の先生も攻略できるかも知れない）

岩男は、担任の美人教師の顔を思い浮かべた。

彼女はまだ二十五歳だ。岩男は、見かけは十七歳だけれど、心の中は四十七歳なのだから、大人の経験と度胸で簡単に口説けそうだった。

また受験勉強するのが億劫《おっくう》だが、あるいは、大学など行かなくても構わないかも知れない。両親は不満だろうが、専門学校でも入り、すぐにも投稿して稼げるようになれば納得してくれるだろう。

（そうだ。まだパソコンもワープロもないから手書きになるな……）

それも億劫な気がしたが、贅沢《ぜいたく》は言っていられない。未来が分かるという、誰も体験できない二度目の人生なのだから、これほどの幸運はないのである。

こうして、待子の正体も分かったのだから、もう恐ろしくはない。自分にとっての幸福の女神なのだ。

しかし、明日訪ねても、きっとあの一軒家は見つからないような気がした。

あの家への道は、おそらく三十年に一度しか開かないのではないだろうか。

とにかく岩男はあれこれ思いながら、足取りも軽く山道を下り、まだ若く元気な両親の待つ長屋へと帰っていった……。

蛇精《じやせい》——田園の蛇

森　奈津子

著者・森《もり》 奈《な》津《つ》子《こ》

東京生まれ。立教大学卒業。性愛を核に異端を軽やかに描き、現代ものからSF、ホラーと様々なジャンルを手掛け、熱狂的な支持を得る。著書に、『からくりアンモラル』『西城秀樹のおかげです』『先輩と私』などがある。最新刊は『夢見るレンタル・ドール』。

歓楽街は、男たちが種をまき散らす田園地帯だ。
女たちの肉体は畑。ただし、種が芽生《めば》えることを決して許さない畑だ。
毎晩毎晩、大量の種が無為に蒔《ま》かれ、そして、葬《ほうむ》られてゆく。
それでも、中にはちょっとした過《あやま》ちから、芽を出してしまう種もある。
そんな種は、どうなるか？
——もちろん、小さなうちに摘まれてしまう。まさに災いの種であるがゆえに。
そして、摘まれた後には、どうなるか？
当然、闇の中に投げ込まれる。それっきり。
けれど、時折、闇からこちら側に戻ってくる奴もいるのだ。執念深いことに。

＊

ああ、いけない——と思ったときには、奇妙なことに肉体だけが完全に眠っていた。

手足を動かそうとしたが、ピクリとも動かない。全身がひどく重い。見えない力によってベッドに押しつけられている。

そのくせ、目は開いているのだ。

本質的に真面目で「仕事に対する熱意がある姫」と評判の舞花《まいか》は、焦《あせ》った。

(お客様に失礼だわ)

しかし、このたいして広くはない個室――浴槽とエアマットを敷いた洗い場があり、ベッドと小型冷蔵庫が設置されている――の中、彼女を指名した客がどこにいるのか、すでに把握《はあく》できなくなっていた。

そこで初めて舞花は、室内の照明がやけに暗いことに気づいたのである。

消えているわけではない。光量が落ちてしまっているのだ。いつもは明るい蛍光灯が、蠟燭《ろうそく》の光のように頼りない。

一糸まとわぬ姿のまま、舞花はもがいた――つもりだったが、やはり体は少しも動いてくれない。

(これが金縛りというもの?)

客は今、どうしているのか。額が禿《は》げあがり、貧弱な性器の持ち主でありながら、何度も「大きいでしょ?」と同意を求めてきた中年男は。

なにかがシュルシュルとこすれる音がした。

目だけを動かしてそちらを見やり、ハッと息を呑む。全身の肌がたちまち粟立《あわだ》つ。

ベッドの上、膝のあたりに一匹の蛇がいたのだ。しかも、それは単なる蛇ではなかった。

鱗《うろこ》はなく、赤黒い粘膜におおわれている。目もないそれは、男性器を思わせた。そのくせ、口は大きく裂け、赤い舌がチロチロと見え隠れしているのだ。

「ハァッ……！」

力のかぎり悲鳴をあげたつもりだったが、声帯は震えてはいなかった。

彼女はある噂を思い出した。

ちょっとしたはずみでできてしまい、結局は流されてしまった命が、男性器そっくりの蛇と化して、この街で働く女の子たちを襲うのだ、と。

某店では一ヵ月のうちに四人が襲われ、別の店ではすでに一人が死亡し——というその「実話」を、舞花は単なる怪談めいた噂だと決めつけていた。

だれから聞いたかは、忘れた。確か、店の控え室で、他の女の子たちと重ねた雑談のひとつだったはずだ。

腿《もも》の内側を、濡れた粘膜に包まれたものがザワザワと這《は》いあがってくる。

悪臭が鼻を突いた。精液と血の臭いに腐臭を加えたような、なんともいやな臭いだ。

自分は悪夢を見ているのか？　しかし、あまりにもリアルなこの感覚は一体……？

理性は夢だと訴えるが、感情は現実だと認めていた。

「ヒッ」

舞花はふたたび息を呑んだ。柔らかな器官の肉の扉を、蛇の舌にチロリと舐《な》められたのだ。

ほんの一瞬、細い舌に触れられただけだというのに、ジンジンと熱くなってくる。

それは性的な飢《う》えだった。

チロリチロリと舐められるごとに、そこは敏感になり、刺激を求め、脈打つ。

「ハァッ……」

豊かな胸を誇示し、性の源を自ら晒《さら》すように、舞花は開脚の姿勢で大きくのけぞった。

すでに乳首は硬くなり、扉の内側は熱い蜜を湧《わ》かせつつある。

腐臭を放つ奇怪な化け物に襲われようとしているのに、彼女の体は女の反応を示しはじめているのだ。

（どうして、こんな……）

体は蛇を誘うように、腰を突きあげる。

蛇が舞花の敏感な器官に口先を押しつけてきた。飢えた肉体は、蛇の粘膜の冷たささえ刺激として、洞窟の奥から熱い蜜を湧かせる。

わずかに開いた二枚の扉の間に、蛇は圧力を加えてくる。

それを歓迎するようにおのれの洞窟が収縮するのを、舞花は感じた。

（いやっ！）

しかし、飢えに支配された体は「早く、早く！」と蛇を求めている。

今までに経験したこともないような激しい性的欲望だった。飢えが次第に理性を侵食してゆくのを自覚していたが、どうすることもできない。

体は「もっと！　もっと！」と訴え、それは心さえも動かそうとする。

肉の扉を開いた蛇は、さらに力を加えてきた。

たっぷりと湧いていた蜜に導かれ、すべるように蛇は舞花の空洞を満たす。

「ああーっ！」

唐突に声が出た。次には、思いがけなかった言葉が。

「もっと……奥に……！」

舞花は腰を振り、刺激を強めようとする。すでに彼女の肉体は、理性の支配下にはなかった。

恐怖を感じているのに、それは快感と欲望に押さえつけられている。いや、恐怖さえも素晴らしいスパイスとなり、ゾクゾクするような快感を彩《いろど》るのだった。

「ああっ。いいわっ。もっと、奥まで……！」

口の端から涎《よだれ》が垂れていった。自身が蛇と化したように、舞花は下半身をくねらせる。激しい快感は脳髄《のうずい》を揺さぶり、発情期の獣のような反応を引きずり出す。

「来てっ。奥まで来てちょうだいっ！」

舞花が切なく叫んだとき、突然、脳内に低い男の声が響いた。

——来るのではない。戻るのだ。

そして、男の声は幼児のそれに変化し、舞花に訴える。

——ママ！　ぼくを棄《す》てないで！　中に入れて、ママ！

「いやぁぁぁぁーっ！」

無意識のうちに悲鳴をあげていた。

蛇が子宮口を突く。突き破ろうとするかのように、二度三度と繰り返す。

快感はたちまち痛みに、悲鳴は泣き声に変わる。

蛇が子宮口を突破した。激しい腹痛に、舞花はのたうちまわった——が、実際には、ベッドに押しつけられたまま腰をうねらせただけだった。

そのままヒィヒィと引きつるような声で泣きつづける。

子宮の中は蛇に満たされていた。自分の体は内側から破壊されるのだ。

過去に二度、舞花は堕胎《だたい》していた。父親は客ではない。それぞれ別の恋人だった。この世界に入る前、一人目は経済的理由で、二人目は別れをきっかけに流した子だった。

これは復讐なのか？　二つの命の萌芽にしたことを、自分はされるのか？

舞花は死を意識した。が、かえって恐怖は薄らいだ。この苦痛から逃れられるのであれば、死さえも救いに思えたのだ。

そのとき、ふいに、なにかがフワリと鼻孔《びこう》に侵入してきた。強い香りの草を燃やしたような匂いだ。

次の瞬間、腹の痛みがフッと消滅した。

いつの間にか、部屋のドアが開いていた。

ドアの手前には、客が転がっている。尻を上に向けて、気を失っているようだ。

廊下の照明を背に、逆光で浮かびあがったのは、長身の女のシルエットだった。髪は少年のように短い。

女は床にのびている男をまたぎ、部屋に一歩入る。ウェストバッグに手を突っ込み、なにかをつかみ取ってから、それを左から右へと線を描くようにまいた。それを三度、繰り返す。

それは薬草の粉なのか、漢方薬のような匂いが立ちこめる。

「シュー ッ」

女が口を鳴らした。

その瞬間、膣を満たしていた異物感は嘘のように消えた。

大きく開いたおのれの脚の間から、蛇がゆらりと頭をもたげるのを、舞花は見た。

女はジーパンにジージャン、それにTシャツというラフな格好だった。薄暗いので顔はよく見えないが、この街には不似合いな風体であることは確かだ。つまりは、とても風俗嬢には見えない。

ジーンズの染料であるインディゴは蛇よけになると言われていたことを、舞花は唐突に思い出した。ジーンズの上下は、この女を守っているのだろうか。

女は左手に持っていたものを床に置いた。それは香炉《こうろ》だった。清浄な香りが室内に広がってゆく。

祈禱師《きとうし》か霊能者か、彼女はそんなたぐいの肩書きを持つ人間なのではないかと、舞花はぼんやりと思い、そして、心に安堵《あんど》が生まれるのを感じた。

「シュー ッ」

女の口から発せられる音に蛇は反応し、さらに鎌首をもたげたが、躊躇《ちゅうちょ》するようにユラユラと体を揺らす。

おそらく、香炉の中で薫《た》かれているものも、女がさきほどまいた粉も、蛇が嫌うもの——あるいは、蛇にとっては毒なのだろう。そうして、結界を張り、彼女は身を守っているにちがいない。

女が口の中で何事かをつぶやいた。最初、独《ひと》り言かと思ったが、それは呪文のようであり、意味は把握できなかった。

いつの間にか、女の手にはサバイバルナイフがあった。こんな短い刃物で、あの気味の悪い化け物を退治しようというのか。

「シュー ッ」

女が口を鳴らすたびに、蛇はグッと頭をもたげ、戦う意志を示すが、それに呪文が続くと、ユラリユラリと体を揺らすだけで終わる。

蛇は力を封じられつつあるように見えた。

だが、唐突に、そいつは大きく跳躍《ちょうやく》するように身を伸ばした。結界は破られたのか。

「くそっ」

女はいらだたしげにつぶやき、左手に握っていた粉薬を蛇に向かって投げつける。

「ギャーッ！」

蛇の口から悲鳴がほとばしる。成人男性の声だった。

攻撃するどころではなくなったらしく、そいつは女の足元でのたうちまわる。

なんのつもりか、女は素早くジーンズを脱いだ。すらりとした長い脚があらわになる。

さきほどとは若干異なる響きの呪文をつぶやき、女は蛇を見据《みす》え、手にした自分のジーンズを真ん中からビリビリと裂いた。大変な力である。

うおぉぉん、と蛇が吠《ほ》えた。

だが、攻撃に移ることは二度となかった。そいつは瞬時のうちに口の上下から裂け、真っ赤な血をまき散らしながら床に落ちたのである。

そして、消滅。化け物は、空気に溶けていくように消えていったのだった。

「あーあ。やっちまったよ」

なぜかひどく落ち込んだように、女は言った。それにしても、いい感じにかすれたアルトだ。

天井の明かりがフーッと元の光量に戻った。

女は壁に設置してあるインターホンの受話器をとり、それから思い出したように舞花を見やり、口の端に笑みを浮かべて訊《き》いた。

「大丈夫?」

「は……はい」

震え声でそれだけこたえたが、身を起こすだけの気力はなかった。

女はフロントに告げる。

「終わったよ。で、悪いけどさ、至急、リーバイス501を買ってきてよ。穿《は》いてたやつを術に使って破いちゃったんだ。二十四時間営業のジーンズショップ、ちょっと離れたところにあったよね? サイズは二十八インチ。よろしくね」

＊

その喫茶店は、歓楽街の大通りに面した古い雑居ビルの一階にある。合皮張りのソファに、木目をプリントした樹脂製のテーブル、メニューは透明なファイルにはさんだ紙一枚——といった具合に、大変垢《あか》抜けない店である。

この店の辞書には「禁煙」「分煙」の文字はなく、店そのものも決して「カフェ」などと呼ばれることもないはずだ。また、客は男女を問わず、カタギ率は五十パーセント以下にちがいない。

オーダーを取りにきたウェイトレスが去ると、斉木《さいき》は茶封筒に入った現金を吉川《きっかわ》に渡した。先日の蛇退治の謝礼だ。

吉川幸乃《ゆきの》——この街において、源氏名ではなく本名で呼ばれる女。ただし、街の者は陰では彼女を「蛇吉《へびきち》」と呼ぶ。

蛇吉に肩書きをつけるとすれば、「霊能者」「拝《おが》み屋」といったところだろう。ただし、彼女が相手にするのは、蛇と呼ばれる化け物のみだ。

蛇はこの街だけではなく、全国各地の歓楽街に現われる。蛇吉の縄張りは南関東だ。

斉木は店長になる前、マネージャーという肩書きだった十年ほど前から、蛇吉を知っていた。あの頃の彼女はまだ二十歳そこそこで、どこか荒《すさ》んだ雰囲気をまとった小娘だったが、最近は少し性格が丸くなったようにも思える。

いつものことではあるが、蛇吉は人目をはばかることなく、封筒から札を取り出し、扇のように広げると小声で数えはじめた。

慎重さに欠けるのか、豪胆なキャラクターを演じているのか、あるいは本当に豪胆なのかはよくわからないが、何事にも慎重な斉木は、心の中で眉《まゆ》をひそめる。

「確かに、いただいたよ」

蛇吉はニヤリと笑った。

自分のほうが十歳近く上のはずだが、昔から斉木はどことなく蛇吉が苦手だった。それでも、店のオーナーが彼女に絶大な信頼を置いているのだから、その意向に従うしかない。

オーナーが言うには、過去に別の拝み屋に蛇退治を依頼していた時期もあるのだが、ほとんど役に立たなかったそうだ。蛇には、一般的な魔除けや術のたぐいがまったく効かないという。

蛇吉はその理由をこう語る。

「奴らは、人間に近いからね。いや、人間そのものと言ってもいいぐらいだ。霊験あらたかなお守りもお札も、人間には効かない——それと同じだよ。奴らは人間になりかけていたのに、人間になれなかった存在だからね。人間になろうという意志が強すぎて、化け物だという自覚がないんだ。その点、幽霊は簡単だよ。奴らは一度人間として生まれてから死んだものだから、ある意味、満たされてるんだよ」

それが真実であるのかどうか、斉木には判断しかねる。他の霊能者と差をつけるために蛇吉がひねり出した作り話ではないかと疑っていないこともない。

謝礼を渡したので、もう用事は済んだのだが、まだ、注文した飲み物が来ていない。

迷彩柄のディパックに謝礼金をしまい込むと、蛇吉は斉木に質問した。

「あの子――舞花ちゃんは、大丈夫だった？」

「店を辞めてしまいました。体のほうは無事でしたが、精神的にまいってしまったようで」

「それは残念だったね。かわいい子だったのに。これから、女の子を採用するときには、堕胎の経験があるかどうか面接で確認しておいたほうがいいよ。蛇が狙うのは、子供を堕ろしたことがある女ばかりだからね」

「しかし、それはちょっと……」

斉木はあいまいに拒絶した。

堕胎の経験がある女性を不採用にしていては、採用できる子が一体どれだけ減ってしまうことか。不採用にすべき女性の中には、売れっ子になるはずの女の子も含まれているかもしれないのに。

そもそも、そんなことを女性が風俗店の面接で正直にこたえるとも思えない。

斉木が黙り込むと、蛇吉は唐突に話題を変えた。

「あんたのとこってさ、高級店なの？」

「いいえ。大衆店に部類されるはずです」

「入浴料って、いくらだっけ？」

「一万円です」

「サービス料は？」

「二万二千円」

「ふーん。単に射精するのに、三万二千円も払わなくちゃならないんだ。男は大変だな」

そして、ハハハと笑う。

斉木はひそかに心の中で反論する。

（射精するためだけじゃない。女の子とのコミュニケーションによって、楽しい時間を過ごしたり、安らぎを得たり、癒《いや》されたいと願って、お客様はうちにいらっしゃるんだ）

ソープランドを「男性による性的搾取《さくしゅ》の現場」などと声高に批判する古いタイプのフェミニストも、社会の害悪として排除しようとする教育者も、斉木は当然のことながら軽蔑《けいべつ》しているが、蛇吉のように訳知り顔で、この街を訪れる男たちの性を茶化すような発言をする女も、どうかと思う。そもそも、蛇吉は、男たちの欲望によって成り立つこの街で生計を立てている女なのである。

自分は生涯《しょうがい》風俗業に就《つ》くことのない「きれいな存在」と信じている奴は、男女を問わず、斉木は傲慢《ごうまん》な人間とみなしている。彼はプロ意識が強い分、意固地で偏屈なところもあった。

そして、そんな思いもあり、斉木は皮肉代わりに蛇吉を「きれいな存在」として扱うかのような質問を口にした。

「前から思っていたのですが、吉川さんは結婚するおつもりはないんですか？」

「はぁ？　結婚？　するわけないじゃない。あたしはレズビアンだよ。女としかやれないんだよ」

そう言って蛇吉が笑ったところで、ウェイトレスが飲み物を持ってきたので、会話は中断した。斉木はブレンド、蛇吉はアイリッシュコーヒーだ。

蛇吉がレズビアンだというのは、初耳だった。男を愛せない女であるがゆえに、男の性を茶化すような発言も出てくるというわけか。

ウェイトレスが去ってから、斉木は弁解のように蛇吉に告げた。

「吉川さんが同性愛者だったとは、知りませんでした」

「まあ、わざわざカミングアウトしてまわってるわけじゃないからね。でも、結構、見かけでレズっぽいって言われることはあるよ。髪は短いし、化粧はしないし、いつもこんな格好だからね。でもさ、ソープ嬢って、結構、レズビアンは多いんでしょ？」

「多いかどうかはわかりませんが、レズビアンの子も時々いると聞きますね。実際、男に対して恋愛感情が湧かないからかえって気軽だという理由で風俗嬢になったという話を、直接本人から聞いたこともあります。でも、その発言が本当なのかどうかはわかりませんが」

「確かに、男の斉木さんには確かめようがないことだね。なんなら、あたしが確かめてあげようか？　その子が本当にレズなのかどうか」

「結構です」

とっさにこたえてから、蛇吉の目が変に輝いているのに気づき、斉木は訊いた。

「もしかしたら、レズビアンの女の子を紹介してほしいということですか？」

「いや、まあ、そんなことはないんだけど……。でも、最近たまに、一人が寂《さび》しいって感じることがあるんだよね。だれかがそばにいてくれればな、って」

蛇吉は柄にもなく、もじもじとこたえる。

その態度から、斉木は確信した。

（真剣に交際できる女性を紹介してほしいんだな）

しかし、蛇吉はあわてて言い訳のようにつけ加える。

「母親もあたしと同じ稼業だったんだけどさ、あたしが小学生のときに、蛇にやられて死んでるんだ。三十一で——今のあたしと同じ歳で。だから、あたしも、あんまり長く生きられない気がしちゃってね」

「吉川さん……なにかあったんですか？」

弱気な発言を不審に思い、斉木は訊いたが、蛇吉はその問いにはこたえず、続けた。

「だから、生きている間にちゃんとだれかを愛しておきたいんだ。贅沢《ぜいたく》言えば、家庭っていうものを持ちたいんだ。もちろん女二人で」

斉木の頭の中には、自分の店で働く女性たちの顔が浮かんでは消えた。ここで女の子を紹介し、蛇吉に恩を売っておくのもよい手ではないか。

蛇吉とうまくやっていけそうな女性はいるだろうか……。

そして、斉木はひそかに、姫たちの中で最も年嵩《としかさ》の女に白羽の矢を立てた。

源氏名は都詩絵《としえ》。本名は、確かトシコだったか、あるいはもっと地味な漢字を当てるトシエだったはずだ。歳は公称三十六、実は四十二。

熟女専門店に行くほど熟女好きではないが、なんとなく年増女にも興味がある、といった客が彼女にはついていた。

顔は——整ってはいるが、地味だ。ぽっちゃり系の癒し系熟女として売り出してはいるものの、この程度の容姿の四十女ならそこいらに掃《は》いて捨てるほどいるだろう。

ただ、性格がよかった。物静かで、かと言って陰気でもなく、不平不満は口にせず、店のボーィたちを見下すこともない。おまけに度胸《どきょう》もある。

何度か、おなべの客をつけたこともあったが、きちんとサービスをし、満足させて帰した。

少々感心し、斉木が「都詩絵さんはバイセクシュアルなの？」と訊くと、彼女はおだやかにこたえた。

「私、男性とも女性とも性経験はありますが、恋愛をしたことはないんです。好意をいだくことはできるのですが、恋愛感情がどういうものかは知らないんですよ」

都詩絵であれば愛におぼれることもなく、蛇吉に安らぎを与えることができるのではないか。

もちろん、まずは都詩絵の意志を確認しなくてはならないが、斉木には、彼女が蛇吉を受け入れるのではないかという気がしていた。

斉木は蛇吉にこたえて言った。

「いい子がいたら、ご紹介しますね」

口にしてから、まるで営業トークのようだと自分で思った。

蛇吉は念を押す。

「そうそう。もちろん、子供を堕ろしたことのない女性でたのむよ」

店長の斉木に堕胎の経験の有無を訊かれたときに不快感をいだかなかったと言えば、嘘になる。

*

都詩絵は「ありません」と正直にこたえたが、もし、堕胎の経験があったらここまであっさりこたえることができただろうか。

次に、斉木は「女性と恋愛してみる気はない？」と質問したが、すぐに言い直した。

「いや、恋愛感情はなくてもいいんだ……たぶん。友情を前提に、時々、セックスするというような関係でも……」

何事にもそつがない斉木らしくもなく、どうも歯切れが悪い。

いぶかしく思い、都詩絵は訊いた。

「常連のお客様から無茶な要求でもあったのですか？」

すると、斉木は否定し、正直にこたえた。昔から世話になっている女霊能者が、実はレズビアンで、恋人をほしがっているのだ、と。

「それは仕事ですか？」

都詩絵が確認すると、違うという。あくまでもプライベートで交際してほしいのだ、と。

性的なサービスをしても報酬《ほうしゅう》は発生しないということか。

しかし、無下に断る理由もない。少しばかり好奇心もある。

都詩絵はこたえた。

「お友達からということでも、よろしければ」

こうして都詩絵は、蛇吉こと吉川幸乃と「最初はお友達から」つきあうことになった。

だが、そんなお友達状態も、最初の数時間だけだった。

二度ほど電話で話してから、二人はまず、街でデートをしたのだが、蛇吉がお喋りであるのに対し、都詩絵は物静かで聞き上手なため、互いに相手の前では無理をする必要はなかった。

休日ゆえ、繁華街はカップルも多い。

カフェのテラス席でコーヒーを飲みつつ、蛇吉はしみじみと言った。

「男と女はいいねぇ。人前で堂々と手をつなぐことができて」

「幸乃さんは、恋人と手をつないで外を歩いたことはないんですか？」

「ないね。あたしはかまわないんだけど、相手が他人の目を気にしちゃって。一度、街中で、無理やり恋人と手をつないだら、その場で即、ふられたよ」

蛇吉は陽気な笑い声を立て、都詩絵もつられて笑った。

「都詩絵さんは、女性と手をつないで歩いたことはないの？」

「ありません。私、女性とデートしたことはないんです。単にセックスしたことがあるだけで」

「仕事で？」

「プライベートでも、二回だけ女性と関係したことがありますが、相手は遊びだったのだと思います。私のほうも、誘われたから軽い気持ちで応じてしまっただけで」

「女性とのセックスは、どうだった？」

「よかったですよ。私、セックスは大好きなので。ただ、恋愛が好きなのかどうかは、わかりません。男性とも女性とも、単にセックスしたいだけのような……。実は私、バツイチなんですけど、夫にも恋をしてはいませんでした。好意はあったのですが」

「つまりあなたは、男とではなくセックスと結婚したんだ」

「そうですね。そうかもしれません。入籍したときも『これでセックスの相手を確保できた』って安堵しましたから」

「都詩絵さんは面白い人だね」

「そうでしょうか。私の許《もと》から去っていった男の人たちは、まったく逆のことを私に言いましたよ。つまらない女だ、って」

すると、蛇吉はわざと気障《きざ》な声音で言った。

「そんな男は、あなたの中に確かに存在する宝の在《あ》り処《か》に気づかなかっただけだ」

都詩絵は思わず吹き出した。そして、自分がいつもよりずっと楽しい気分になっていることに気づいた。

カフェをあとにするとき、都詩絵は蛇吉にさりげなく申し出た。

「手をつなぎますか？」

「いいの？」

目を丸くしてたずねる彼女をかわいいと思いながら、都詩絵は「はい」とこたえた。

他人からどう見られようと、蛇吉となら平気だった。不思議なことに。

「じゃあ、手をつないで歩きつつ、人間観察をしよう」

蛇吉は言い、都詩絵の手をとった。

二人は歩き出すと、互いに熱いまなざしをそそぎつつ、チラチラとまわりの様子をチェックした。

ギョッとしたように立ち止まり、二人に視線を固定する老人。どちらかが男性ではないかと疑っているのか、二人を舐め回すように視線を這わせる中年女性。面白いものを見つけたとでも言いたげに、耳打ちをしあう若い男の子二人（彼らの親しげな様子こそ、同性のカップルに見えた）。

都詩絵は単に面白がっていただけだったが、やがて蛇吉は少々鼻白んだように言った。

「あたしが想像していた以上に、世間に対する挑発的な行為だったわけか。道理で、無理やり手をつないだ恋人にふられるわけだ」

二人は互いの手を離し、友人同士に戻った。

長身で脚が長い蛇吉は、都詩絵に歩幅を合わせてくれている。このように肩を並べてゆっくりと歩みを進めているだけで、都詩絵は安らぎを感じた。

五年前に離婚した夫は、決して都詩絵の歩調に合わせてはくれなかった。いつも大股で、しかもセカセカと歩いた。都詩絵は追いてゆかれまいと懸命に歩き、それでも遅れてしまい、そんなときには決まって「ぼやぼやするな」だの「のろま」だのといった言葉が飛んできた。

そのような表現は、彼にとっては夫婦間では大目に見てもらえるはずのものだったのだろうが、そんな小さな蔑《さげす》みは、都詩絵の心の傷を少しずつ深くしていったのだった。

蛇吉は蓮《はす》っ葉《ぱ》な女だが、それでも都詩絵を気遣い、敬意を払ってくれているのは伝わってきた。

なぜか、彼女と一緒だとワクワクしてくる。ほんのちょっと先の未来に楽しいことが待っているような予感がする。自分は彼女のことをもっと知りたいし、自分のことを彼女に知ってほしかった。

これが恋なのかもしれない、と都詩絵は思った。

時々、気になる店、気に入っている店に立ち寄り、やがて二人とも買い物に飽きてきた頃、蛇吉は都詩絵に訊いた。

「よかったら、うちに来ない？」

都詩絵に断る理由はなかった。

その二時間後、二人は一糸まとわぬ姿で蛇吉のベッドに横たわっていた。

セックスに誘ったのも、蛇吉のほうだった。彼女は都詩絵に単刀直入に申し出たのだ。

「ねえ。セックスしない？　おつきあいするにあたって、性的な面で相性が合うかどうかは、重要でしょう」

だが、ベッドの上で積極的だったのは、都詩絵のほうだった。湧いてくる欲望をぶつけるように蛇吉を愛し、彼女の体から女の反応を引き出し、声をあげさせ、エクスタシーへと導いた。

久々に触れた女性の肉体はなめらかでしなやかで、唇は溶けてしまいそうに柔らかかった。ゆるやかな曲面で構成されている蛇吉の体には、安堵をともなう愛《いと》おしさを感じた。

まだ、日は高く、窓からさし込む明るい光が二人の体を照らしている。

都詩絵は蛇吉の胸に頰を寄せ、蛇吉は都詩絵の髪を繰り返し優しく撫《な》でていた。「いい子、いい子」のリズムで。

蛇吉のベッドはシングルサイズだ。他人を排除しようとするかのような狭さだが、いざ二人の人間が使うとなると、その狭さゆえに体を密着させることになる。

(私のやり方は、幸乃さんに気に入ってもらえたのかしら)

疑問に思った次の瞬間には、自分の思考に違和感をいだく。

違うのだ。テクニックうんぬんといった単純な問題ではないのだ。

もう一度、都詩絵は頭の中で疑問を構築する。

(私がどんなに幸乃さんを愛しいと思っていて、どんなに幸乃さんを気持ちよくしてあげたいと思っていたのか、ちゃんと幸乃さんに伝わったのかしら)

髪を撫でていたはずの手が、肩に降りてきたかと思ったら、そのままスルリと都詩絵の乳房を包んだ。

「今度は、あたしが愛してあげる」

言うなり、蛇吉は上になった。しかも、無理やりにではなく、それとなく都詩絵を導くきれいな動作で。

ねっとりとした動きで両胸を揉《も》みしだかれると、体の奥のほうで熱い感覚が生まれる。

「都詩絵さんの胸、大きくてフワフワ。ちょっと力を込めただけで、あたしの指の先がうずもれちゃうよ」

愛おしげに告げてから、左の乳首に口づけ、舌先で突き、転がす。右胸は優しく、けれど大胆に揉まれる。

「はぁっ……」

乳首をキュッと吸われたときには、甘い吐息が洩《も》れた。

太股《ふともも》の間の器官に熱が集まってくる。刺激を求めているのだ。

けれど、まだ、蛇吉は都詩絵の下半身に手を触れてはいない。右手は空いているというのに。

焦《じ》らされているのだ。

放置されている敏感な部分が、しっとりと湿り気を帯びはじめているのは、確認しなくてもわかった。

右の乳首を指の間にはさまれ、刺激される。

「あ……あっ……」

思わず、自分の手で飢えた器官を慰《なぐさ》めたいという衝動に駆《か》られたが、グッとこらえて、両手でシーツを握りしめる。

(焦らさないで！　もう、これ以上……！)

たまらず、腰をモゾモゾさせると、よけいに欲望はつのってゆく。

太股がピッタリ合うまで脚を閉じ、洞窟の内壁を締めると、肉の扉のあたりにささやかな刺激が生まれる。が、その刺激は都詩絵を満足させるどころか、欲望をますますあおるのだった。

「お、お願いっ。もっと……！」

欲望に背を押され、思わずおねだりをしていた。

願いはすぐにかなえられた。蛇吉の右手は都詩絵の下半身の茂《しげ》みを乱しつつ探り、それから二枚の扉に触れたのだ。

「ああっ！」

無意識のうちに、蛇吉の指にその部分を押しつけていた。中指はなめらかに侵入し、内側を刺激で満たしてくれる。

その間にも、右胸は揉みしだかれ、左の乳首は蛇吉の口に含まれている。

「もっと！　もっと、ちょうだい！　お願いっ」

すらりと美しい指をさらに奥へと迎え入れようと、夢中で腰を動かしていた。濡れた部分はクチュクチュとエロティックな音を生み出す。

蛇吉の指は、都詩絵の肉の扉をこすり、新たな刺激を与える。

腿の内側はあふれた愛液ですっかり濡れていた。

腰の奥で、熱いものがふくらんでゆく。エクスタシーに達すると爆発する、快感の爆弾だ。

「はぁっ……！」

突然、鋭い快感が背骨を走り、脳を揺るがした。蛇吉の親指に前方の小さな突起を突かれたのだ。

充分に興奮を示して芽吹いたそこは、軽く指先で突かれただけで、全身がビクビクするほどの刺激を生み出す。

「ああっ！　あっ！」

触れられるのに合わせて、声が出てしまう。

開脚のまま両脚をピンと伸ばし、体をビクンビクンと震わせた。絶頂はすぐ目の前だ。

（いっちゃう！）

心で叫ぶと同時に、腰の奥深くで膨張しきっていたものが爆発した。

「あーっ！」

快感が頭の中を暴れまわり、めちゃくちゃにする。なにもかもが崩れてゆく。

硬直した全身が、痙攣《けいれん》のようにガクガクと震え、やがて、なにかがフッと天に昇《のぼ》るような感覚と同時に、力がスーッと抜けていった。

快感はゆっくりと引いてゆき、あとには、草原で横になっているような穏やかな心地よさが残る。

目を閉じ、つぶやく。

「素敵……」

「あたしたち、セックスの相性はピッタリだったね」

蛇吉もうっとりと言った。

今はシングルベッドの狭さがひたすら心地よかった。

＊

二人は互いのマンションを行き来するようになった。

どちらのマンションも分譲だが、二人で暮らすには狭く、都詩絵は両方とも売り払って新たに二人の新居を購入することを提案したが、蛇吉はこたえた。

「やめておくよ。あたしは、いつ蛇にやられて死ぬかわからない身だから」

「そんな悲しいこと、言わないで」

都詩絵はそれ以後、部屋の話を出すことは避けた。

時折、蛇吉は「山に行ってくる」と告げて、リュックサックを背に、数日の間、家を留守にした。戻ってくると、リュックサックの中から何種類もの草やきのこを取り出した。

蛇退治に使う薬の材料だと、蛇吉は説明した。

最初、蛇吉は自分の稼業についてはほとんど語らなかったが、やがて少しずつ心を開いてきたのか、都詩絵に打ち明けるようになっていった。

「あたしの母も蛇退治を生業《なりわい》にしていたことは、話したよね。母は死ぬ前に、あたしに言ったんだ。『あたしが死んで、おまえが蛇退治を継《つ》いだときに、もし、危険な目に遭《あ》ったら、助けてあげるよ。ただし、これは一生に一度しか使えない秘術だよ』って。で、それまで知らなかった呪文と、対処方法を教えてくれたんだ。でもね、その秘術は、もう使っちゃったんだ」

そう語る蛇吉の目には、静かな諦念《ていねん》があった。

「母は、どこかちゃらんぽらんな女だったよ。親としてあたしの面倒は見てくれたけど、変なところでうわついていて。たとえば、いきなりあたしを着飾らせて、自分も上流家庭の奥様っぽいファッションで決めて、高級ブランド店をはしごしたり。朝、急に『今日は南国気分』とか言い出して、三食すべて輸入物のフルーツしか出さなかったり。節分の豆まきの鬼の役をやらせるために、わざわざ若い男をナンパしてきて、あたしに豆をぶつけさせて、そのあとはセックスもしないで帰しちゃったり」

「なかなか楽しそうな母子家庭ね」

都詩絵が笑うと、蛇吉もちょっと微笑んだ。

「楽しかったけど、時々、すごく疲れたよ。……まあ、そんなふうに、ちゃらんぽらんな奴ではあったけど、母が教えてくれた秘術は本物だった」

蛇吉は言葉を途切れさせてから、ため息をつく。

「一度、蛇退治でかなりやばいことがあったんだ。いつもだったら、蛇を結界に閉じ込められるはずが、そいつは結界を破って、こっちに向かってきたんだよ。だから、とっさに、あたしは母に教えられた通りにしたんだ。母の名を呼んで、呪文をとなえて、穿いてたジーンズを裂いた。そうしたら、あたしの目の前で蛇も裂けて消えていって……。あたしは助かったわけだけど、もう、その術を使うことはできなくなった」

自嘲《じちょう》するようにフッと笑い、蛇吉は続ける。

「あのときの蛇は、特別力が強かったんだとは思う。けど、どうも、あたしには、自分の力が弱まりつつあるようにも思えてならないんだ。以前のあたしだったら、あれぐらいの蛇は倒すことができたんじゃないか、って。まあ、そんなこともあって、あたしはちょっと気弱になっていてね。一人が寂《さび》しくなってきたものだから、斉木さんにたのんで、都詩絵さんを紹介してもらったんだ。でも、いざ、あなたといい仲になったら、あなたを置いて死んでいくのが辛くてならないんだ。やっぱり、大切な存在は弱点になるから、いけないね」

都詩絵は無言のまま、蛇吉を背後からそっと抱いた。

蛇吉はその腕に触れてから、優しく撫でて言った。

「もちろん、秘術を使っちまったのは残念だけど、いいタイミングだったとも思うよ。あそこで気弱になったおかげで、都詩絵さんと出会えたわけだし」

一旦言葉を切ってから、彼女は覚悟を決めたように続ける。

「ねえ、都詩絵さん。あたしが死んでも、悲しまないでほしいんだ。都詩絵さんが不幸になるのが、あたしには一番辛いことなんだ。あたしがいなくなっても、あたしのことなんか忘れて幸せになるって、約束してよ」

「いやよ。約束したら、幸乃さんが本当にいなくなってしまいそうだから。それに、あなたが死んでしまったら、私はもちろん不幸になるわ。だから、死なないで」

蛇吉はうなずくことも首を横に振ることもなく、淡々と言った。

「死は別れではあるけれど、魂の消滅ではないと、あたしは考えてる。それは、蛇の存在が証明しているんじゃないかな。むしろ、『死』というものは、肉体を失った後に生きつづけることなのかもしれない」

「じゃあ、あなたが先に死んでしまっても、あとから私が死ねば、あの世で会えるのかしら？」

少しでも安心したくて都詩絵は訊いたのだが、蛇吉はその問いを肯定《こうてい》しなかった。

「それはどうだろうね。あたしが死んでから行くところと、あなたが行くところは、別の世界かもしれない。あたしは人として生まれてはいるけど、蛇に近いからね」

蛇吉から身を離し、なんでそんなことを言うのかと問いただすと、彼女は打ち明けた。

「あたしの母は蛇退治をしていたけれど、それは副業で、本業はトルコ嬢だったんだ」

ソープランドが二十数年前までは「トルコ風呂」と呼ばれていたことは、都詩絵も記憶していた。

「母はあるとき、妊娠した。プライベートでセックスはしてなかったっていうから、相手は客だよ。でも、どの客かはわからない。そして、母は女の子を産んだ。それがあたしだ。つまり、歓楽街でできた命だけど流されることのなかったあたしは、蛇になりそこねた人間でもあるんだよ」

「だからって、蛇に近いなんて……」

思わず反論しかけた都詩絵に、蛇吉は訊く。

「母はなんで、あたしを流さなかったと思う？」

「……赤ちゃんを産んで育てたかったから？」

「単純な表現をすれば、そうなるね。けど、正確にはちょっと違う」

こたえてから、蛇吉は説明する。

「母も娼婦から生まれた娘で、父親がわからなかった。そして、あたしの祖母も、やっぱり娼婦から生まれた父なし子で、蛇退治をやっていた。ひいばあちゃんも、ひいひいばあちゃんも、同様だ。どういうことだか、わかる？」

なんとなくゾクッとしつつ、都詩絵は確認する。

「幸乃さんの家系の女性は代々、蛇退治の力がある娼婦で、父親のわからない子を産んでいたということよね」

「そう。生涯、産む子は一人だけ。しかも、必ず女の子。その子も母親同様、蛇を知覚できるから、蛇退治の術を教え込まれる。そして、成長すると娼婦になって、蛇退治をし、やがて父親のわからない娘を一人産むということだ」

都詩絵は言葉を失った。それは、いつから続いてきたことなのだろう。数百年？　それとも数千年？

「あたしも、蛇を視《み》ることができるし、そいつらを退治する方法を母から引き継いでもいる。けれど、あなたも知っての通り、あたしはレズビアンだったってわけだよ。男との間に子供なんて作る気は、最初からなかった。そりゃ、作ろうと思えば作れるさ。人工授精でもいいし、もっと手っ取り早く目をつぶって男とやっちまうとかね。けど、そこまでして、跡継ぎがほしいわけじゃない。そんなに必死に守るべき血統や稼業でもない。蛇退治の女は、あたし一人じゃないんだ。あたしが知っているだけでも、六人いる。あたしはもう、その中の一人に話をつけて、あたしの死後は自分の縄張りを譲《ゆず》ることにしているんだ」

ふいに、蛇吉が遠い存在に感じられた。

切なさに胸を締めつけられ、都詩絵は蛇吉を抱き寄せた。

蛇吉はされるがままで、都詩絵の胸に抱かれ、そっと目を閉じた。

都詩絵は優しく告げる。

「私もずっと、一人だったわ。だれにも恋をせずに、セックスだけを重ねてきた。けれど、今、あなたのことが愛おしくてたまらない」

だから一人にしないで——そう続けたいのをこらえ、都詩絵は告げた。

「だから、あなたがいなくなってしまっても、あなたとの思い出が私を支えてくれると思うわ。きっと」

それは、愛情ゆえについた嘘だった。

＊

おとといから、蛇の気配がゆっくりと近づいてきていた。

それは蛇吉のうなじの毛をチリチリと小刻みに震わせ、低い耳鳴りを生み出す。精神を集中すると、頭皮の一部が引っぱられるようなかすかな刺激があり、そちらの方向に意識を向けると、蛇が現われるはずの場所が感知できる。

それは、またしても斉木の店だった。

夕方になると、蛇の気配はますます強くなった。蛇吉は斉木に電話をし、今夜中にも蛇が出るはずなのでそちらに向かうと告げた。

ブルージーンズの上下に、薬草の粉を詰め込んだウェストバッグをつけ、ナイフと香炉を入れたショルダーバッグを手に部屋を出る。

歓楽街に入ると、斉木と会うときにいつも利用している例の喫茶店で待機する。

蛇退治は、十代の頃から何度もおこなってきた日常の一部だ。過去に失敗したことなど一度もない。

なのに、いやな予感がするのは、なぜなのだろう。たった一度だけ許された秘術を使ってしまったせいだ、などというわかりやすい心理ではない気がする。

蛇の気配は次第に濃厚になってきた。脳の一部にぬるりとした影が侵入してきたような、奇妙な感覚だ。かすかな腐臭が鼻孔をくすぐる。

ブレンドコーヒーを飲み終える頃に、空気がグッと重くなった。背筋がゾクッとする。

(いよいよだな)

蛇の出現を感知し、喫茶店を出た。

フロントで斉木に「来たよ」とだけ告げ、エレベーターに乗り、蛇の気配の源である部屋に向かう。早足で廊下を進みながら、ナイフはベルトのホルダーに装着する。

(ここか)

現場である部屋のドアの前で、蛇吉は床にサッと膝をつき、バッグから香炉を取り出し、置いた。

ライターで炭に火をつけ、香炉の灰にうずめ、薬草を固めて作った練香《ねりこう》を上に置く。すぐに、香炉からは清浄な香りがふわりと立ちのぼってきた。まだ、かすかだが、これで充分だ。

香炉を手に、立ちあがる。

そのときには、強烈な化け物の気配で全身は総毛立っていた。

臍下丹田《せいかたんでん》に気をため、ウェストバッグの口を開け、薬粉をひとつまみとり、頭からかける。

そろそろとドアを開く。

薄暗い部屋の中、倒れている男女の裸体が白く浮かびあがっている。客の若い男はエアマットの上であおむけに、店の姫はマットと浴槽の間の隙間《すきま》にうつぶせに横たわっていた。

蛇は姫の脚の間にいる。すでに頭の部分は彼女の中だ。

「う……ん……」

唐突に姫が甘いうめきを洩らし、ゆるゆると尻を振った。

蛇吉はウェストバッグの中の粉薬をつかみ、左から右へと線を引くようにまいた。いつものように、それを三度繰り返してから、口を鳴らして蛇を挑発する。

「シューッ」

その間に、腰のナイフを引き抜く。術で弱った蛇にとどめを刺すための道具ではあるが、一生に一度の例の秘術を使ってしまってからは、護身のためにも早めに手にすることにしていた。

「シューッ」

姫を犯していた蛇がぬるりと身を引き、すぐさま蛇吉に向かって鎌首をもたげた。その頭は女の体液でテラテラと光っている。

目を持たないくせに、明らかにそいつは蛇吉をにらみつけている。

蛇吉は呪文を口にした。空気は震え、化け物を追いつめようとする。

だが――。

「幸乃」

突然、蛇に名を呼ばれ、蛇吉はギョッとした。もちろん、こんなことは初めてだ。

しかも、それは女の声だった。今まで倒した蛇は皆、男あるいは幼児の声をしていたのだが。

蛇はゆらゆらと身を揺らし、さもおかしげな声音で続ける。

「幸乃や。わかるかい？　母さんだよ」

実際、その声は、記憶の中にある母の声そっくりだった。が、蛇吉は無視し、蛇退治の呪文を繰り返す。

蛇はくつくつと笑った。

「そんな術は、あたしには効かないよ。だって、あたしはおまえと同じ、蛇吉と呼ばれてきた女だからね。あたしは吉川陽子《ようこ》、おまえを産んだ女だ」

「嘘をつけ！」

鋭くはねつけたが、蛇吉の声は震えていた。

心の奥底から湧いてきた予感めいた不安。その感情は、目の前の化け物が母の成《な》れの果てなのだと告げていた。

蛇吉は怒りと共に、陽子を名乗る蛇にひとつかみの粉薬を投げつけた。

しかし、蛇——陽子はダメージを受けるどころか、あでやかな声で笑い、続けたのである。

「あたしはおまえ同様、蛇になりそこねた女だよ。だから、今のあたしがこんな姿をしていても、なんの不思議もないだろう。それに、あたしは結構、この体を気に入ってるんだよ」

ズンと空気が重くなった。体が動かない。指一本動かせない。

蛇吉の背筋を冷たいものが走る。

見えない壁のようなものに押され、あおむけに倒れた。しかし、床に叩きつけられることはなく、宙に浮いて止まる。

ふいに周囲が明るくなった。

そこはすでに、ソープランドの一室ではなかった。あたりにはなにもなく、ただ、乳白色の霧に包まれている。

気づいたら、一糸まとわぬ姿にされていた。蛇吉は四肢《しし》を大きく開いた格好で、宙に浮いているのだった。

身を護るナイフも粉薬も香炉も、どこかに消えてしまっている。

蛇吉は焦った。

突然、全身を押さえ込まれるような圧力が消え、フッと体が軽くなった。だが、手首足首がなにかに締めつけられて、身を起こすことができない。

視線を走らせ、蛇吉はギョッとした。四肢の自由を奪っていたのは、目を持たない四匹の蛇だったのだ。

「この子たちは、おまえが過去に始末した蛇だよ」

蛇の姿をした陽子は宙でとぐろを巻きつつ、蛇吉に告げる。

異様な気配が濃厚になった。

目をこらすと、霧の中に何十四もの蛇が見えた。あるいは、霧の向こうには、もっと多くの蛇がいるのかもしれない。

蛇たちは皆、鎌首をもたげ、一様に蛇吉を狙っている。

「幸乃や、あたしはおまえを助けたいんだよ。おまえが男を愛せないのは、きっと、あたしがそういうふうにおまえを産んでしまったからだ」

「助けてくれなくて結構だよ！　あたしは、こんなふうに生まれて、うれしく思ってるぐらいだ！」

蛇吉が怒鳴《どな》りつけると、蛇は哀れっぽく、しかし茶化すように「そんな悲しいことを言わないでおくれ」と懇願《こんがん》する。

「あたしがあんなに早く命を落とすことがなければ、なんとかしてやれたかもしれないものを」

なんとかしてやれた？　なにを、どう、なんとかしてやれたというのだ？

「冗談じゃない！　なんとかしてくれなくて結構だよっ！」

「どうして、そう憎まれ口を叩くんだい。ちょっとの間、黙っていてくれないかな。たのむから」

口の端に、なにか冷たいものが触れた。それは一匹の蛇の頭だった。

「うわっ！」

思わず声をあげたところで、蛇がヌルリと口の中に入ってきた。生臭さが鼻を突く。

「うーっ」

悲鳴をあげたが、口は蛇の頭にふさがれ、舌を押さえつけられ、それはうめき声にしかならない。

蛇吉は必死でもがいた。手首足首にからまった蛇を振りほどこうと、身をくねらせる。しかし、それはまったく無駄な抵抗だった。

さらに何匹もの蛇が、肌の上を這いはじめた。首筋を撫で、四肢や腰にからみつく。うち一匹が、尻の双丘の間に入り込むと、確認するようにアヌスを口先で突いた。あわてて尻を振り、逃れようとしたが、蛇は離れない。

陽子は勝ち誇ったように笑う。

蕾の中心に圧力が加えられた。蛇が侵入を試みているのだ。

とっさに蛇吉はその器官に力を込め、侵攻をはばもうとした。が、蛇の力に蕾はあっけなく屈し、開花し、そいつを受け入れてしまった。

「くぅっ！」

後方の器官を襲う異物感に肌を粟立たせ、蛇吉はのけぞった。押し広げられ、こすられる。しかも、生まれて初めて味わうその感覚の奥底からは、確実に快感が生まれてきたのである。

「いい格好だよ。蛇吉とも呼ばれて畏《おそ》れられてきた女が、蛇退治の力を失って、蛇に尻の穴を犯されてるなんて、ね。おまえにとっては、こんなみじめなことはないだろうね。見世物としても最高だよ」

このひどい仕打ちに、蛇吉は目の前の蛇が母親の成れの果てなのだと確信した。母には辛く当たられていたわけではないが、ただ、彼女には「面白ければなんでもＯＫ」という無責任な面があったのである。

大きく開脚させられた太股にも、蛇の冷たさを感じる。そいつは脚の間の器官に近づいては、ある瞬間にフッと離れる。その焦らすような刺激を繰り返されるうちに、敏感な器官は次第に熱を帯びてくる。

（くそっ。こんなことに反応してしまうなんて……）

ついに、脚の間の亀裂に蛇の頭が触れ、なのに、スイッと撫でただけでそこを離れる。

「むぅっ」

切なさに、蛇吉は甘いうめきをあげてしまう。

「おやおや。アヌスだけじゃなく女の部分まで蛇に犯されようっていうのに、おまえは感じているのかい。そんなんじゃ、おしおきにならないねぇ」

(黙れ、このクソババア!)

「クソババアで結構だけどさ」

蛇吉の心の中の罵倒《ばとう》に、陽子はこたえて言う。

「お股からいやらしい体液をダラダラ垂らしながら、『クソババア』はないんじゃないかい? 『こんなに気持ちよくしてくださいまして、ありがとうございます、お母様』ぐらいは言ってもいいと思うんだけどねぇ」

(ほざけ、ババア!)

心の中では悪態をついたが、実際の蛇吉は甘いうめきを洩らしつつ、ひたすら腰をくねらせるだけだった。

左右の乳房にも蛇はきっちりと巻きつき、揉みしだくようにうねると同時に、口先で乳首を転がしたり、舌でチロチロと舐めたりしている。

あいかわらず、股間の柔らかな襞は蛇の頭に外側からこすられるだけだ。しかし、時折、前方で芽吹いている快楽の種子を突かれ、そのたびに、激しい快感に蛇吉は声をあげ、腰砕けになってしまうのだった。

いつまで、この責め苦は続くのか？　そう思い、ゾッとする。

（もう、だめだ……！）

ついに、蛇吉は屈した。

（許して、母さん！　たのむよ。あたし、おかしくなっちゃうよ！）

陽子はフフとうれしそうに含み笑いをする。

「許してもなにも、べつに、あたしは個人的なシュミでこんなことをしているわけじゃないよ」

（だったら、どういうつもりなんだよっ！）

「最近、おまえ、自分の力が失われつつあるっていう自覚はあっただろう？」

確かに、それは感じていた。

「で、その理由は、わかるかい？」

（わかるわけないだろうっ）

蛇吉が否定すると、陽子はこたえる。

「それは、おまえが母になろうとしなかったからだよ。つまり、将来、蛇吉と呼ばれる娘を、おまえが残そうとしなかったせいだ。おまえは、連綿と続いてきた血の絆《きずな》を断ち切ろうとしていたのさ」

不自由な身を快感にうねらせ、声をあげながらも、蛇吉は心では抵抗する。

（それのどこがいけないんだ！）

「蛇退治の能力は、母から娘に伝えられるべきもの。川の流れのように、せき止めてはならないものだよ。もし、せき止めたら、そこで力は澱《よど》む。だから、おまえの力は澱んできていたんだよ」

（そんなこと、あたしは聞いてなかったぞ！）

「あたしだって、生きている間には知らなかったことさ。死んでから覚《さと》った。代々『蛇吉』と呼ばれてきたあたしたちは、本能的にそれがわかっていたからこそ、子を残したのさ。おまえは『蛇吉』としては突然変異だったんだろうね」

陽子は蛇吉の両脚の間にスルリと移動し、続ける。

「そんなおまえを、今、あたしは助けたい」

そして口の先で、蛇吉の濡れた器官を下から上へとスーッと撫でた。それだけの刺激で、蛇吉はあられもない声をあげてしまう。

「あたしは種となって、おまえの畑で育つことにするよ。十月十日後、また会おうじゃないか」

蛇の頭が蛇吉の襞を開き、洞窟の入口を探るように突く。

「うーっ！」

陽子の意図を覚り、蛇吉は悲鳴をあげた。

（やめろ、バカ！　入ってくるな！）

「大丈夫。あたしがおまえの中に宿れば、おまえは力を取り戻すことができる。これからも、大いに稼《かせ》ぐことだね。愛くるしい娘として生まれてくるあたしを養うためにも」

それだけ告げ、陽子は蛇吉の中にぬるりと入ってきた。充分に潤っていたため、それはすべるような挿入であったが、押し広げられる感覚が恐ろしく、蛇吉は泣き声に近いうめき声をあげた。

なのに、身の内で、強烈な快感がふくらむ。

あろうことか、肉体はエクスタシー直前だった。

（出ていけ！）

念じると同時に、絶頂に達していた。暴力的な快感が全身を暴れまわる。頭がクラクラする。

ギュッと目を閉じると、闇の中を飛び交う不定形の光の塊《かたまり》が見えた。

「ううーっ！」

蛇吉は四肢を広げたままのけぞり、ビクンビクンと身を震わせた。

そして、意識は闇に閉ざされ――。

だが、気を失っていたのは、ほんの数分だったようだ。

目を開くと、ソープランドの一室に戻っていた。姫と客は、さきほどと同じ位置に倒れている。客だけでなく、姫も気を失っているようだ。

蛇吉は裸ではなかった。着衣のまま、部屋のドアの前にうずくまっていただけだった。

床の上の香炉からは、慣れ親しんだ練香の香りがたちのぼっている。

では、さきほどの出来事は、蛇が見せた幻影だったのか?

蛇吉はリーバイス501の前ボタンを外し、下着の中に手を突っ込んだ。

そこは体液でトロトロになっていた。

「あーあ」

蛇吉は自分の腹を撫で、そこにいるはずの母に告げた。

「出ていけよ」

けれど、内に宿っているはずの小さな命を追い出す気にはなれなかった。もう、その命は陽子としての自我も失っていることだろう。

とりあえず、自分は死なずに済んだのだ。力を取り戻すこともできた。

都詩絵との未来図も、好きなように描くことができる。

二人の生活に無垢《むく》な赤ん坊が加わるというのも、悪くはない気がしてきて、蛇吉はつぶやいた。

「まあ、いいか」

愛は雪のように

草凪　優

著者・草凪《くさなぎ》　優《ゆう》

一九六七年東京生まれ。日本大学芸術学部中退。シナリオライターを経て、二〇〇四年に『ふしだら天使』で官能小説家としてデビュー。その圧倒的筆力と流麗な官能描写でたちまち人気作家となる。近著の『夜ひらく』も好評を博している。

　だから雪女だって言ってるじゃないですか、彼女は。いいですか？　もういっぺん最初からお話ししますよ。私のような男にだって、あまり思いだしたくない過去というものはある。胸をえぐられるような気持ちでもういっぺん話すんですから、心して聞いてください。

　あれはいまから二年前、四十一歳の大厄《たいやく》のときです。神仏を軽《かろ》んじる性格が災《わざわ》いしたんでしょうかねえ、絵に描いたような転落人生を経験しました。会社のリストラと離婚ですが……まあ、このご時世じゃどちらもありきたりな話ですけど、いざ我が身に起こってみると、それはもう恐ろしいものでしたよ。

　昨日まで一緒に残業して、愚痴《ぐち》をこぼしあってた上司が、いきなり辞表を出してくれって言ってくるんですから。眼も合わせないでですよ。まあ、業績は悪化の一途《いっと》だったんで、リストラそのものはね、理解できないこともないんです。だけど、ものには言いようがあるじゃないですか。申し訳ないけど身を引いてくれって頭のひとつもさげられればね、そこは昨日まで仕えていた人ですから、こちらとしても身の処しようもあるというかなんというか……。

人間不信になりかけたところに、今度は女房の浮気が発覚です。社内恋愛で結ばれて五年目ですか。はっきり言って最初から反《そ》りの合わないところがありました、性格的にね。ただ、そこは大人同士の話ですし、譲《ゆず》れるところは譲りあって、力を合わせてやっていくべきだと思ってましたよ、結婚したからには。

なにしろ、要求の多い女でした。ブランドものの服やバッグのおねだりは恋人時代からでしたけど、いざ結婚するとなったら、新築のマンションに住みたいだの、外車に乗りたいだの、年に二回は海外旅行に連れていけだの……いえね、それはべつにいいんです。友達夫婦がいいマンションに引っ越したって聞けば、自分も住みたくなるのが人情じゃないですか。お城を買ってくれっていうわけじゃなし、できる限り彼女の望みを叶《かな》えてあげましたよ。私は無趣味で金のかからない人間ですから、最終的には一日の小遣いが昼飯代込みで八百円なんてことになりましたけど、まあね。彼女の望みを叶えてあげることが、仕事の励《はげ》みにもなったし、こう言っちゃ少し照れるけど、男のプライドみたいなものも満たしてくれたのは事実ですし。

でも、やつは浮気をしていたわけです。

私は一日八百円なのに、女房のやつはフィットネスジムに通ってまして、そこのインストラクターから始まって、顔見知りになった常連とか、仲間とよく行く飲み屋のバーテンとか、一、二年のうちに両手に余るくらいの男を咥《くわ》えこんだらしいです。興信所に調べさせたら、うちの女房、そのジムじゃ「肉便器」って呼ばれていたそうですよ。つまり、私は肉便器の夫です。ハハッ、世の中にこれほど哀《あわ》れな存在っていうのもざらにはいないでしょう。肉便器のご機嫌をうかがって欲しいものなんでも買い与えて、小遣い八百円で暮らしてる男なんてね。

しかも、あげくの果てには、バンドかなにかやってる若い男と駆《か》け落ちですよ。三十路《みそじ》も過ぎてるのに、いったいなにを考えてるんだか。彼のことを本気で愛してるから離婚してくれ、ですって。慰謝《いしゃ》料も財産分与もいらないなんて馬鹿なことまで言いだして、慰謝料請求したいのはこっちだっていうね。

その若い男、バンドなんかじゃもちろん食えませんから、収入はジムの清掃のバイトです。下北沢《しもきたざわ》のアパートがふたりの愛の巣だと言ってました。六畳ひと間の薄汚いアパートでね、家賃なんてうちのマンションの管理費プラス修繕積立金くらいじゃないですか。最後にほざいた捨て台詞《ゼリフ》が、愛があればお金なんていらないという、膝《ひざ》から力が抜けるようなもので。

私はもう、本当になにもかも嫌になりましたよ。

誰だってそうでしょう？

ただ、皮肉なことに、そうなってみるとリストラされてて逆によかった。会社にいたら、仲人《なこうど》やってもらった役員とか、ご祝儀もらった同僚たちに、なんて説明していいかわかりませんでしたもの。こう見えてひどい小心者ですからね、私は。

自殺する元気もないって感じでした。

再就職先を見つけなくちゃいけないのに、もちろんそんな気力はどこにもなくて、結局、自宅に籠《こ》もってデイトレードを始めたんです。いささかの貯金と、雀《すずめ》の涙ほどの退職金を元手に、株屋の真似《まね》事ですよ。

まあ、素人《しろうと》が手を出すものじゃないですね。あっという間に手持ちの金はなくなって、マンションは人手に渡りました。たぶん、そうなりたかったんでしょう。緩慢《かんまん》な自殺ですよ。飲めない酒を浴びるように飲んでは吐いてましたしね。

気がつけば浮浪者でした。

ホームレスなんて呼び方より、なってみると浮浪者のほうがしっくりきます。新宿《しんじゅく》、池袋《いけぶくろ》、上野《うえの》……最終的には浅草《あさくさ》の隅田《すみだ》公園に流れ着きました。ほら、隅田川沿いに桜の名所があるでしょ？　そう、墨堤《ぼくてい》。あそこにブルーテントがいっぱい張ってあって、問題になってるじゃないですか。あれのひとつに住んでました。料理屋が出す残飯を漁《あさ》ってね。べつになんの感慨もありませんでしたよ。残飯漁るのなんて、信頼していた上司に裏切られたり、女房にこっぴどく捨てられたダメージに比べれば、なんでもありませんでした。

ただ、季節が悪かった。ちょうど真冬に差しかかるころで、川べりだから寒さが半端じゃない。もう寒いっていうより、痛いんです。皮膚《ひふ》の表面とかじゃなくて、骨が凍《こご》える。虫歯みたいに脳天に響く激痛が、指とか膝とか背骨とかをズキズキ疼《うず》かせるんです。ロクに栄養もとってませんでしたからね。冬だと残飯漁るのも億劫《おっくう》で、九十キロ近くあった肥満体が無惨《むざん》に痩《や》せ衰《おとろ》えてましたから。寒くて痛くて、とても眠れたもんじゃない。ひと夜を越えるたびに、命が削《けず》られていく実感がありました。

それでも、仕事を探して屋根があるところに住もうなんて思わなかったんですから、本当に自殺ですよ。実際、まわりのテントじゃ朝になると死んでるやつもいました。青黒い顔して、泥まみれの毛布に包まれて運ばれて……そういう光景をぼんやり眺めては、自分もいずれああなるんだろうなあ、って思ってましたね。

それで、あれは二月の終わりごろだったかなあ、ホームレス救済のボランティアっているじゃないですか？　公園とかで炊《た》きだししてる。なかにはテントを一つひとつまわって、おにぎりなんかを差し入れてくれる親切な団体もありまして。

その夜は東京じゃ珍しい大雪で、いよいよもうダメかもしれないって恐怖がひたひたと迫《せま》ってきました。奥歯がガチガチ鳴るのがとまらなくて、冷たい息を吸いこむたびに胸が割れそうで、なのに眠気だけはすうっと忍び寄ってきて、いま寝たら絶対に死ぬ、と確信したときでしたよ。

「いらっしゃいますか?」

吹雪《ふぶき》の音に混じって、外から女の声が聞こえてきたんです。

「差し入れを持ってまいりました」

ああ、ボランティアの人だって、私は震《ふる》える手でテントを開けました。返事をしなくても勝手に開けて、食べ物を置いていってくれるんですけどね。そのときは、一刻も早く腹になにか入れたくて、自分から開けたんです。緩慢な自殺とか言っても、やっぱりいざとなったら人間、死ぬのは怖いものですよ。

ぶわっと外から雪が吹きつけてきまして、眼を凝《こ》らすようにして見ると、すらりとした美しい女が立ってました。歳は三十前後でしょうか。ストレートの長い黒髪にうっすら雪が積もっていて、白いコートを着てましたけど、それよりもなお白く見える瓜実顔《うりざねがお》が、本当に綺麗《きれい》で……彫刻刀で削りだしたように、眼鼻立ちがくっきりと端整でね。切れ長の眼が吊《つ》りあがってて、唇が薄くて……えっ、薄情そうでちょっと怖い?

ハハッ、そうかもしれませんが、私はそういう顔が好みなんです。怖いくらいの美人っていうのが。だって考えてもごらんなさい。お面じゃないんだから、表情には喜怒哀楽《きどあいらく》があるわけじゃないですか？　ちょっと怖めな顔ににっこり笑いかけられると、本当に幸福な気分になるものです。メイクラブのときも……ね。冷たい顔の女のよがり顔っていうのは、たまらなくそそるものですよ。

それはともかく、彼女、テントに入ってきたんです。

驚きましたよ。いくらボランティアだって、普通そんなことしません。冬だからそれほど臭くはなかったはずですけど、浮浪者っていうのは精神的に追い込まれているからね。無闇《むやみ》に刺激して、暴れだしたらどうするんですか。

彼女は平然と座りました。防寒のつもりで敷いていた、ガビガビになった週刊誌の上に。私は差しだされたおにぎりを食べました。具の入ってない塩むすびで、寒さで石みたいにカチンカチンでしたけど、むさぼるようにね。

その様子を彼女は黙って眺めていて、私が食べおわっても同じように……テントのなかは外よりは少し暖があるから、彼女の唇は次第に色を取り戻してきました。紙みたいに真っ白かった頬《ほお》も、紅《べに》でも差したように少し赤く染まって、ぞっとするような色香が匂ってきた。妖艶《ようえん》って言うんでしょうかね、妖《あや》しくて艶《あで》やかな色香です。

気がつくと私は勃起してました。会社をリストラされてからこっち、勃起なんて言葉すら忘れていたのに……とはいえ、施《ほどこ》しを受けた相手を押し倒すわけにもいかず、非常にこう、重苦しい空気が漂《ただよ》うなかでね、彼女はポツリと言ったんです。

「ずいぶん大変な目に遭《あ》われたんですね？」

そりゃあね、浮浪者なんてやってるやつで、大変な目に遭ってないやつなんていませんよ。だけどその言葉が私には、私の過去をすべて見透《みす》かしているように聞こえました。信じていた上司に裏切られたことも、女房を寝取られたことも、やけになって株で全財産を失ったことも全部、彼女にはわかってる感じでした。

だって、そう考えないと辻褄《つじつま》が合わないんですよ。

彼女はそのあとにこう言い置いてテントを出ていったんですから。

「あなたは助けてあげる」

わかりますか？　要するにこういうことだと思います。浮浪者のなかには、社会構造の犠牲になって家や職を失った人が大半だと思いますよ。でもね、正味の話が、人の道を踏み外してしまったやつだっているわけです。法を犯したかもしれないし、身内を裏切ったかもしれないし、とにかく行方《ゆくえ》をくらます必要があった連中が……その点、私の場合はまだね、人に裏切られて生きる気力を失ったほうだから、救いがあるというかなんというか……。

彼女はつまり、悪い浮浪者を成敗しにきた雪女だったんです。彼女の美貌《びぼう》にクラッときて抱きついたら最後、凍りついて死んでしまうという。

笑っちゃいますか？　でもね、朝になるとまわりのブルーテントで凍死者が三人、出たんですよ。それだけじゃない。日陰に積もっていた雪が溶けてなくなるまでの数日間で、九人も死んだんですから。墨堤だけで九人ですよ！　マスコミはそんなこと全然報道しなかったみたいですけど、大変な数じゃないですかね。前代未聞だって、救急隊の人も言ってたくらいで。

……ちょっとすみません。

なにか飲み物をいただけませんか？　できれば温かいコーヒーかお茶を。あのときのことを思いだしたら、なんだか寒気がしてきた。

＊

ラフカディオ・ハーンの「雪女」って、お読みになったことあります？

雪山で遭難《そうなん》しかけた老人と若者がいて、雪女は老人だけを殺して若者のことは助けるんです。それで、後日に人間に化けて若者の前に現われまして、若者は彼女の美貌に心を奪われ、結婚してしまうというお話です。

いろんな地方に似たような伝承があるし、大人になってからあらためて読む人も少ないでしょうけど、私はずっと、「雪女」は人間の男が雪女に恋をする話だって思っていました。ええ、もちろん誤解です。本当は逆で、雪女が人間の男に恋をする話なんですね。だってそう考えないと、どうして雪女が男を助けて、そのうえわざわざ人間に化けて男に会いにくるのか、意味がわからないじゃないですか。

それはともかく。

あの大雪の日に雪女に会ってしまって、私はもう一度生きる気力を取り戻しました。彼女の美しさに心を揺《ゆ》さぶられ、このまま朽《く》ち果てるわけにはいかないぞって奮《ふる》い立ったんです。滑稽《こっけい》ですか？　まあ、そうでしょうね。でも、彼女が私を助けてくれたなら、助けてもらった命を粗末《そまつ》にしてはいけないという気がしたんです。

気力が戻れば復活はすぐでした。

一年後には、隅田川を見下ろすマンションに住んでましたね。

浮浪者時代に墨堤から見上げていたマンションですよ。分譲賃貸でしたから家賃が二十万近くしましたけども、まあ余裕でした。

このご時世でどうやって金をつくったのかって？　あのですね、浮浪者にまで堕《お》ちた人間は、綺麗事《きれいごと》なんて言いません。ちょっと考え方を変えてみれば、不況は不況なりにビジネスチャンスが転がってるものなんです。

終戦直後の闇市《やみいち》じゃ、米軍の残飯でつくった雑炊《ぞうすい》を売ってたらしいじゃないですか。で、使用済みのコンドームまで入ったその残飯雑炊を、みんな喜んで食べたわけでしょう？　喜んでではないかもしれませんが、食べなかったら飢《う》え死にです。そういう時代に戻ってしまったって考えればいいわけですよ。

私がリストラされた会社は、食品の仲卸《なかおろし》会社でした。いまでもそうですが、上から下まで偽装《ぎそう》問題でナーバスになってましてね。事故米だとか、やばい筋から輸入した肉とか、そういうのを扱ってる業者のブラックリストっていうのがありまして、グレイなところも含めて絶対に取引しないよう、社内中に厳重注意が行き渡っていたんです。

いったいなにをナーバスになっていたんだろうって、浮浪者になってつくづく思いました。私は路上に出されたゴミ箱から残飯を漁ってましたが、腹をこわしたことなんてほとんどない。それをなんですか、賞味期限を数日延《の》ばしただの、衛生管理が少々杜撰《ずさん》だっただの、つまらないことに神経尖《とが》らせて。

私はブラックリストに載っていた悪徳業者を必死に思いだしました。覚えている限りのところとコンタクトをとり、傷ものの食品を横流しするルートをつくったんです。仕入れを一円でもさげたい店なんてそこいらじゅうに転がってますからね。業者と店を橋渡しするだけで、あっという間に潤《うるお》いましたよ。だって街場の料理屋じゃ、メニューに産地を明記する義務なんてないんですから。賞味期限切れだってわかりゃあしない。キャバクラでちょっとばかり農薬を浴びすぎたフルーツが出てきても、気にする客なんているわけないです。その場で死ぬわけじゃなし……まあ、ここまで言えばもう充分でしょう。

そんなことより雪女です。

あれは夏の日の夕暮れでした。

季節というものはダラダラゆるやかに変わっていくものじゃない。パチンと一瞬にして変わるものです。ああ、ようやく梅雨《つゆ》が明けて今日から夏だって、はっきりと自覚できた七月初めのある日のことです。

私は墨堤を散歩していました。汚れ仕事で金をつかんで、身なりは小綺麗になりましたけど、やってることは浮浪者時代と一緒でね。いったんは蒸発《じょうはつ》したわけだから、人間関係はゼロになっていたし、趣味もない。仕事の関係者とプライヴェートで酒を飲む、なんてこともあるわけないですから、暇なときはもっぱら川べりをぶらぶらです。

無意識に待っていたんでしょうね、彼女のことを。

絶対にもう一度会えると思ってました。

だからその日に川べりでね、ばったり再会したときは、驚くっていうより、安堵《あんど》のほうが大きかったです。ああ、ようやく会えたって。向こうも向こうで、お待ちしてましたって感じで、夕陽を浴びてうぶ毛を金色に光らせながら、私が以前ブルーテントを張っていた場所に立っていたんです。

「どうも、その節は大変お世話に……」

なんて、私は仰々《ぎょうぎょう》しく挨拶《あいさつ》して握手を求めました。

彼女が雪女であることに気づかないふりをしてね。

やっぱり雪女でした。手が冷たかったですから。

最高気温三十何度の真夏日だったんですよ。こっちは路上生活から脱出して食い物もよくなって肥満体に戻ってましたから、汗びっしょりなのに、彼女の手は、氷のようにって言ったら少し大げさですけど、渓流《けいりゅう》で泳いでる魚くらいには冷たかった。

それでも、マンションに誘わずにはいられなかったですよ。

彼女は白いミニのワンピースを着ていて、コートのときにはわからなかった抜群のスタイルを誇示《こじ》してました。全体はスリムなのに、胸とお尻にはボリュームたっぷり。挑発的なくらい腰がくびれてて、しかもその位置がひどく高かった。ミニ丈の裾《すそ》から伸びた両脚はすらりと長くて、太腿《ふともも》は逞《たくま》しいくらいにむっちりしてね。レースクイーンみたいなスタイルって言ったらわかりやすいですかね。それが吊り眼がちな瓜実顔とマッチして、まさしくクールビューティって雰囲気《ふんいき》で。

彼女は私の誘いを断りませんでした。マンションには黙ってついてきたし、ソファに並んで座って手を握っても、抱擁《ほうよう》しても、生の太腿を撫《な》でまわしても、ただ恥ずかしそうにうつむいているばかりで。

もちろん口づけもしました。うつむいている彼女の顎《あご》を指でそっと持ちあげて唇を重ねたんですが、驚きましたよ。彼女の薄い唇はやっぱり少しひんやりして、舌をからめるともっと冷たかった。でもね、最初に感じたのは冷たさよりも甘さなんです。たぶん甘味っていうのは、冷たいほうが敏感に感じられるんじゃないでしょうか。アイスクリームみたいな。

そこまで露骨《ろこつ》な甘さじゃなかったですけど、なんとも言えない果実っぽい甘やかな味が、舌をからめるほどに口のなかにひろがっていきました。

私は夢中で彼女の舌を吸って……そうですね、ざっと三十分もキスを続けたんじゃないでしょうか。部屋に戻ったときは夕方だったのに、気がつけば窓の外は真っ暗でしたから。

「寝室に行こう」

私は彼女の冷たい手を取って奥の部屋に向かいました。彼女はそのときもやっぱり、恥ずかしそうにうつむいてて。

寝室にはキングサイズの巨大なベッドが鎮座《ちんざ》しています。いつかこういう日がくるかもしれないと買い求め、ひとりのときは広さをもてあましていたベッドです。

私は彼女の服を脱がしました。

ミニ丈の白いワンピースを、果実の皮を剝《む》くように。

下着はつやつやした白のシルクでね。ハーフカップのブラからおっぱいの白い肉が、上半分だけ柔らかそうに顔をのぞかせてて。

下半身はもっと大胆《だいたん》でした。きわどいハイレグのTバックで、丸々と実った量感のあるお尻の丘を、すっかり見せていて。

しなやかにくびれた柳腰も、むっちりと肉づきのいい太腿も、驚くほど長い脚も完璧でした。そしてなにより、下着姿にされて恥ずかしそうに頰を赤く染めている表情に、たまらなくそそられましたよ。これほどの絶世の美女が、どうして四十過ぎの肥満体のおっさんに体を許そうとしているのか、やはり雪女とでも考えなければ辻褄は合わない、そう思いながら、私も服を脱いでブリーフ一枚になりました。

「ごめんなさい」

ベッドの上で抱きしめると、彼女は申し訳なさそうにつぶやきました。

「わたし冷え性だから、体が冷たいでしょう?」

「大丈夫だよ」

私はやさしく微笑《ほほえ》んで抱擁を強めました。たしかに冷たかったですが、耐えられないほどではない。私のほうが汗っかきで、暑がりだから、ひんやりした抱き心地が気持ちよかったくらいです。

それにね。

私はそういうタイプの女、燃えるタチなんです。指責めとかクンニとかね、とにかくしつっこい男で。好き者の女房でさえ、しまいには音《ね》をあげたくらいですから。この冷たい素肌の女を責めに責めて、汗まみれになるほど体を熱くさせてやりたいって、それはもう、腕が鳴りましたよ。

結局、挿入してひとつになったのは、日付が変わってからじゃないかな。ざっと五、六時間はねちっこい愛撫を続けました。まずは下着の上からです。ブラの上からでも乳首が尖っているのがわかって、ハイレグのパンティが絞れるほど愛液まみれになっても、脱がさずに責めてやりました。ソフトにね、じわじわと。下着を取ってからも淫《みだ》らなトロ火でじっくり煮こんでやると、彼女はさすがに哀願してきました。

「ああっ、もう許して……我慢できない……」

そんなふうに弱みを見せると、サディストはますます悦《よろこ》んで焦《じ》らしに焦らすことを彼女は知らなかったみたいです。体中を舐《な》めまわしてやりました。それこそ、頭のてっぺんから爪先《つまさき》まで、私の唾液の匂いにまみれさせて。

それでも、肝心なところにはたまにしか触れてやらなかった。彼女のおまんこは失禁したみたいにぐしょ濡《ぬ》れになって、綺麗な小判形に生え揃った恥毛の一本一本まで、獣じみた匂いのする粘液をたっぷりと吸いこんでました。

それでね。いまでもあの光景を思いだすと背筋がぞくぞくしてくるんですけど、愛撫を開始して三、四時間が過ぎたころですかね。延々とオルガスムスをおあずけにされた彼女の素肌が、ピンク色に染まってきたんです。桜の花でも咲くように。

最初は顔でした。眼の下がねっとりと。

それから、首筋、胸元、耳と……雪のように白い肌が生々しいピンクに染まっていく様子は、この世のものとは思えないほど官能的でねえ。私はセックスでよく縄を使います。女の肌に残った縄目の美しさに、いっとき取り憑《つ》かれていたんです。でも、そんなものは比較にもならなかった。

彼女は夏でもひんやりと冷たい肌を生々しく上気させ、端整な美貌をくしゃくしゃにしてペニスを欲しがりました。ひいひいとあえぎながら、ありとあらゆる恥ずかしい言葉を口にしてね。もちろん、私が言わせたんですけど。

「ああっ、お願いします。おまんこしてください。おまんこしていただけたら、あなた様のおしっこでもなんでも飲みますから……」

吊り眼がちな眼を垂れさせて、薄い唇を震わせてねだってくる彼女は、人間性というものをなにもかも剝《は》ぎとられて、まるでエロスの極みを生きているようだった。

いやね、私はなにもSM愛好家ってわけじゃない。誰でもいいから縛ってみたい、いじめるための女を金で買おう、なんて考えたこともない。好きな女にしかそんなことはしません。

一度しか会ったことがなかったけど、私はたしかに彼女に恋してた。

だから、もっと焦らしてもよかった。しかし、私のほうに我慢の限界が訪れてしまった。五、六時間も勃起したままだったペニスは鈍痛がして、噴きこぼしたカウパー氏腺液で亀頭がぬるぬるの状態でしたから。

ブリーフを脱いで覆い被《かぶ》さりました。「ああっ、ああっ」とあえぎながらしがみついてきた彼女の瞳からは、歓喜の涙がボロボロとこぼれました。潤んでいるなんていう甘いものじゃなくて、本当にボロボロとです。

抱きしめると、熱でもあるかのように全身が火照《ほて》ってました。素肌にはじっとりと甘い匂いのする汗を浮かべてね。ご存じですか？　女が発情してかく汗は、スポーツでかく汗とは全然違うんですよ。

私はその汗の匂い――フェロモンとでも呼ぶしかないフレグランスを鼻腔《びこう》で楽しみながら、彼女の両脚を開きました。嬉し涙を漏らしすぎてぐしょぐしょになり、ひくひくした痙攣《けいれん》がとまらない薄桃色の肉ひだを、猛《いき》りたつイチモツで貫いていった。

「死んじゃうっ！　死んじゃうっ！」

律動を送りこむと、彼女は真っ赤な顔で身をよじり、私の背中に爪を立てて、したたかに掻《か》き毟《むし》ってきました。たまりませんでしたよ。あとで見たら背中じゅうミミズ腫《ば》れになって血まで滲《にじ》んでましたけど、その痛みすらも快感になるほど、私は興奮の渦中《かちゅう》で腰を振りたてていたんです。

「死んじゃうっ！　死んじゃうっ！」

彼女は何度となくそう叫びました。もちろん、「ああっ」とか「いいっ」っていう声も出すし、「すごい」「きてる」「助けて」なんてことも言ってましたけど、いちばん耳に残っているのは「死んじゃう」です。

死んじゃうほど気持ちがいい、っていう意味ですよね。「こんなの初めて」と並んで、男を歓喜の極みに立たせる、必殺の殺し文句です。

でもね、これはちょっとあとになってから気づいたんですが、彼女は本当に死ぬほどの恐怖を感じていたようなんですよ。

だって雪女ですから。夏でもひんやりした体の持ち主なのに、感じすぎて体温があがることが怖かったんでしょう。

私はそんなことは露《つゆ》知らずにね、雪女をよがり泣かせていることに夢中でした。最初はひんやりしていた彼女の体が淫らなくらい熱気を放ち、フェロモンを含んだ汗をじっとり浮かべている抱き心地に興奮して、頭の中はもう真っ白。

やがて辛抱《しんぼう》も限界を通り越して、ぐらぐら煮えたぎった白濁液を、彼女の中に注ぎこみました。まるで沸騰してるように熱いザーメンが尿道を駆けくだって、ペニスの芯《しん》が灼《や》けてしまうかと思った。雪女にしてみれば、途轍《とてつ》もない衝撃だったでしょう。

「中はダメッ！　中で出さないでっ！」

彼女はよがりながら必死に叫んでましたけど、そんなこと言われてても、ねえ。もし彼女の子宮が氷でできていたのなら、あの射精で溶けていたかもしれません。それほど熱いものを、たっぷりと注ぎこんでやったんですよ、ええ。

＊

薔薇《ばら》色の生活、って聞いてなにを思い浮かべますか？　お金ですか？　そんなもの、必要以上にあったところで気苦労が増えるだけです。だいたい私は、一日八百円で満足できる男ですから。仕事は順調で濡れ手に粟《あわ》みたいな状態でしたけど、まあ、それほど真剣にやってはいませんでした。

やっぱり女でしょう。

薔薇色の生活と言えばね。

その夏はだから、私にとって薔薇色に輝いてました。

彼女がずっと側にいてくれたからです。墨堤で再会してうちについてきて、一発やったらそのまま同棲《どうせい》に突入ですよ。

最初のセックスがよほどよかったんだろうって？　いやいや、ゲスの勘ぐりはよしてください。彼女は雪女なんですから、そうなるに決まってるんですよ。私と一緒に暮らすために、人間に化けて出てきたんですから。

私は彼女のパーソナリティについていっさい訊《たず》ねませんでした。自分でも不思議なくらい、興味すらわかなかった。出身はどこか？　家族はいるのか？　仕事はなにをしているのか？　どうせ訊ねても、もっともらしい嘘をつかれるだけです。

訊ねるかわりに、朝から晩までやりまくりでした。

仕事なんてほとんど電話だけですませてね、四六時中一緒にいました。もっと正確に言えば、体のどこかが触れあっていた。

私も四十路に足を突っこんでますから、一日に三度も四度も精を吐きだすのはきついんです。でもね、彼女が相手なら不可能じゃなかった。

最後の一滴まで漏らしおえて、結合をとくでしょう？　お互いにハアハア息をはずませるだけの時間が過ぎますよね。冷蔵庫から冷たい飲み物を取ってきて、それを飲んでひと息ついて、「最高だったよ」とかなんとか言いながら彼女を抱き寄せると、もう素肌がひんやりしてましてね。

あれは燃えたなあ。何度でも挑みかかっていきたくなった。俺様のテクニックで再び熱く燃え盛らせてやろう、なんて。俺様なんて言うキャラじゃないんですがね、私は。そんなふうに言いたくなるほど、挑発されてしまったということです。

夏でしたからね。

私は彼女に浴衣《ゆかた》をプレゼントしました。黒地に赤い金魚が泳いでるやつで、これがまた、びっくりするほどよく似合った。

ご存じだと思いますけど、和装は寸胴《ずんどう》型の体型の女のほうが似合います。彼女は寸胴どころかメリハリの利いたグラマーです。似合うだろうか？　どうだろう？　って一抹《いちまつ》の不安はあったんですけど、気を揉《も》んで損しましたよ。

端整な瓜実顔のせいなんでしょう。浴衣を着てそこにいるだけで、涼しい風が吹いてくるようなね、それほどのものでしたから。

私は浮かれてしまって、浴衣を着た彼女を食事に連れだしました。

いつもは家で食事をしていたんですがね。裸のままね。一秒でも離れたくないって感じで、くちゃくちゃ咀嚼《そしゃく》したごはんを口移しで食べさせてあげたり、食べさせてもらったり。もちろん、水やジュースもね、全部口移しで。

気持ちが悪い？　あなたは女と愛しあったことがないんですか？　愛してるってことは、自然にそういうことをしてしまうってことでしょう？　言葉やプレゼントや、ましてや紙切れ一枚の婚姻《こんいん》届なんて、なんの意味もない。

私は自分のぶんの浴衣も誂《あつら》えて、彼女を西浅草のどぜう屋にエスコートしました。

下町の夏の味ですね。鰻《うなぎ》と一緒で、夏のどぜうは肥えてるし、精がつくから夏バテ防止にもなる。だからこう、ムシムシと暑いなかでね、あえてどぜう鍋で一献《いっこん》傾けるというのが、江戸時代から好まれていたわけですよ。

鍋にしたのは、ちょっとした悪戯《いたずら》心が働いたせいもあります。

雪女である彼女は極端な猫舌なわけです。熱い汁ものはレンゲにすくってふうふうしないと食べられないんだから、盛夏《せいか》の鍋は悪夢のようなものだったでしょう。

黒髪をアップにして浴衣に身を包んだ彼女は、それはもう清楚《せいそ》な感じでね、店中の視線を集めていました。でも、終始そわそわと落ち着かない様子で、どぜう鍋を挟んで向きあった私のことを、恨《うら》めしげな眼で見つめていました。

「なんだい、しみったれたツラして。精がつくからどんどん食えよ」

私はとぼけた顔で鍋をぐつぐつ煮立てて、どぜうを頬張りました。酒まで熱燗《あつかん》にして、汗びっしょりかきながら。

内心では卑猥《ひわい》な笑いがとまりませんでしたよ。

彼女が落ち着かない理由は、夏に鍋というほかにもうひとつあったんです。

浴衣の下にはパンティを穿《は》かないものでしょう？　だから、あのパリッと糊《のり》の利いた生地の下は、さらの裸なんです。肌襦袢《はだじゅばん》を着ける人もいますが、私がそんなものを買い与えるわけがありません。

かわりにね、股ぐらにちょっとした細工をしてやったんです。まあ、逃げられないような細工でもあったわけですが……。

無線式のローターってあるでしょう？　あれを咥えこませてやったんです。親指ほどの小さなやつですがね、なにしろ敏感なところに埋まってるわけだから、彼女は気が気じゃないわけです。私がいつ、コントローラーのスイッチを入れるかってね。

「ほら、食えったら食えよ」

私はニヤニヤしながら懐《ふところ》に手を入れてコントローラーを握りました。いくぞ、いくぞ、という感じでね。彼女はしかたなさげにどぜうを箸《はし》でつまむと、山椒《さんしょ》もかけないで口に運びました。でも熱いから、一匹全部を頬張れない。川を泳いでるそのままの姿をしたどぜうをね、品のある薄い唇から半分ほどのぞかせて、眼に涙を浮かべるわけです。

ぞくぞくするような光景でした。

私はさらなる興奮を求めてローターのスイッチを入れました。

彼女は浴衣に包まれた尻を跳ねあげましたけど、料理屋ですからね。粋《いき》な籐《とう》の床の並びには、肩を叩ける距離に見ず知らずの人が座っているわけです。

「しっかり食って精をつけるんだ。でないと……わかってるよな？」

ローターの振動はまだ弱で、おとなしく言うことをきかないと、中、強、とあげていくぞ、と私は眼顔で伝えてやりました。

弱でも身をよじらんばかりでしたからね、彼女は。これ以上強くされたら敵《かな》わないって感じで、必死の形相《ぎょうそう》になってどぜうをたいらげましたよ。

でも、丸鍋――っていうのは、どぜうが泳いでる姿のまま煮たやつです――が終わったら、今度は抜き鍋を追加ですから。骨を抜いて、開いてあるやつですね。それに溶いた生卵をからめていただくわけです。

彼女はほとんど泣きそうでした。

熱いものはもう食べたくない。しかし、少しでも箸を休めると、私はローターの振動を中にあげ、時には強にまでする。彼女が歯を食いしばって悲鳴をこらえたのは、一回や二回じゃなかったですね。眉間《みけん》に深々と縦皺《たてじわ》を刻み、ぎりぎりまで細めた眼を潤ませて、生卵で卑猥に濡れ光った唇を小刻みに震わせてました。

もうやめてっ！　っていう心の叫びが聞こえてきそうな顔で、懸命に身をよじるのをこらえている。額《ひたい》に玉の汗を浮かべて、アップにした前髪がほつれても直すこともできないまま、ただ苦悶《くもん》の表情でどぜうを食べつづけたんです。

エロスですよ。

その様子を見ているだけで、私は射精してしまいそうでした。

本当にたまりませんでした。

相手は雪女、本当なら触れるだけで相手を凍死させてしまう力がある怖い女を、そこまで追いつめているんですからね。

どぜう屋はラブホテル街に隣接してまして、店を出ると最初に眼についたところに入りました。渥《あつ》美清《みきよし》が浅草のストリップ小屋に出てたときから営業してたんじゃないかっていう、古くて薄汚い和風旅館でね。障子《しょうじ》は破れ、襖《ふすま》は黄ばみ、タバコの焦《こ》げ跡が目立つ荒れた畳の上に、薄っぺらい布団《ふとん》が敷いてありまして。そんなあばら屋じみた部屋と浴衣の彼女の組みあわせは、まさしく掃《は》きだめに鶴ですよ。私は異様な興奮を覚えながら彼女を押し倒しました。

浴衣の襟《えり》を割って、裾をまくってね、いわゆる昆布巻《こぶま》きの格好にして、両脚をM字に開くと、ぬらぬら濡れ光ってる白いローターが、まるで卵を産むように割れ目からポトリと落ちまして。電気の振動でなぶり抜かれていた彼女の秘部は、アーモンドピンク色の花びらがぱっくりと口を開いていました。

指で押しひろげるまでもなく、薄桃色の粘膜が丸見えです。

ひくひくと震えていてね。練乳みたいに白濁した本気汁が、ひだとひだの間にねっとりと付着していまして。クリトリスが包皮から完全に顔をのぞかせて、真珠によく似た全貌をさらけだしてました。

ふふふっ、眉間に皺を寄せて苦しげに悶《もだ》えていたって、しっかり感じていたわけですよ、彼女も。

いつもはしつこい愛撫が大好きな私ですが、さすがにこのときは、矢も楯《たて》もたまらずぶちこんでしまいました。自分でも驚くばかりに硬くなったものを、ずっぽりと。お互いに半狂乱みたいな感じでね、むさぼるように腰を振りあって。どぜうが精をつけてくれたからってわけでもないんでしょうが、あのときの彼女の乱れ方は半端じゃなかったなあ。結合部からあふれた愛液の獣じみた匂いで、埃《ほこり》っぽかった部屋の空気がねっとり湿っていきましたからね。いやもう、ホントに。

そうそう、浴衣っていえば、こんなこともありました。

ご存じの通り、七月の最後の土曜日は隅田川の花火大会です。私の住んでいるマンションのベランダからは、よく見える位置に花火が上がるんです。それはもう、ドキドキ、わくわくしながら待ちわびていました。

浮浪者時代だったら逆だったでしょう。私が墨堤にブルーテントを張っていたのは冬ですが、夏なら花火大会の二週間くらい前から撤去を余儀なくされますから。すごすごとブルーシートを畳んで、拾い集めた家財道具を移動させている浮浪者を見かけるたびに、少し気の毒な気分になったものです。

とはいえ、私はもう浮浪者ではない。花火を楽しまなければ損です。隅田川の花火大会は、毎年テレビで中継されてるじゃないですか？　で、たまに川沿いのマンションを映すでしょ。親戚だの友達だのを呼んでるから、ベランダに鈴なりの人がしがみついて。

うちの部屋はベランダが広いし、しかもふたりで悠々《ゆうゆう》と見てるので、もしテレビに映ったらそれだけでも目立つはずだと、私は彼女に言いました。後ろから抱きしめながらね。もちろん、ただ抱きしめていたわけじゃありません。彼女の浴衣にはね、お尻の割れ目あたりに三十センチくらい、縦長の切れ目を入れてありました。浴衣を着たまま繫《つな》がれるようにです。

ベランダに両手をついた彼女を後ろから抱きしめているように見せかけて、私たちは性器を繫げていたんですよ。いわゆる立ちバックの体位で。

といっても、腰をつかんでピストン運動したりはしません。

なにしろ近隣のベランダじゅうで、大人も子供も夜空に花火が上がるたびに歓声をあげ、身を乗りだしてるわけでね。視線は花火ですから眼が合うことはありませんが、いやらしい声が聞こえてくればそういうわけにもいかないでしょう。

まあ、繫がってるだけで充分興奮しましたよ。花火が上がると、ドォーン、ドォーン、という腹まで響く重厚な音が襲いかかってきて、そのたびに彼女のおまんこはひくひく震えて、私のペニスを締めつけてくるんですから。

獣の匂いのする粘液をたっぷりとしたたらせてね。

たまりませんでしたよ、ホント。彼女も同様らしく、花火が上がるたびにもじもじと尻を揺すりたててきました。私がさりげなく腰をグラインドさせたりすると、肉づきのいい太腿をぶるぶる震わせて悦んで。

でも表情は、いかにも花火を楽しんでいるっていう、涼しい顔を崩《くず》せません。声だって必死に嚙《か》み殺している。眉根を寄せたいやらしい顔であえいだりして、万が一にもそれがテレビに映ったりしたら、外を歩けなくなりますから。

花火が終わるまでの一時間ほどの間、ずっとそうやって楽しんでました。最後のほうは浴衣の身八《みや》つ口《くち》から手を入れておっぱいを揉んだり、けっこう大胆に腰を使ったりして、テレビもへったくれもないって感じになってましたけど。

花火が終わると寝室に行きました。浴衣を脱がせてあらためてベッドに四《よ》つん這《ば》いにして、後ろから突きまくりです。いやあ、燃えましたね。お互いもう我慢できないっていうところまで、花火を見ながら興奮してましたから。

「死んじゃうっ！　死んじゃうっ！」

尻を突きだした四つん這いの肢体《したい》を生々しいピンク色に染めながら、彼女はやっぱり、そう叫んでいましたよ。

＊

ええと、どこまでお話ししましたっけ？

花火？　ああ、そうですね。あれは彼女との思い出のなかでも、もっとも刺激的なもののひとつです。

そして、ピークといえばピークだった。

花火から数日が経《た》つと、彼女はぐったりして動けなくなってしまったんです。同棲を始めて約ひと月、その間、ほとんど朝から晩までやりっぱなしでしたからね。その疲れが出たんだろうと、私は最初思っていました。

だけど、そうじゃなかった。

セックスのとき気持ちがよくて体が熱くなりすぎて、具合が悪くなってきたらしい。

もちろん、夏の暑い盛りというのもあるでしょう。

雪女ですからね。

「このままじゃ……わたし本当に死んじゃう」

まぐわいの途中じゃなくて、ベッドに力なく横たわったままそう言われて、私はようやく危機感を覚えました。

なんとかしなければいけないと、部屋中のエアコンの設定温度を限界まで下げてみました。十六度だったかな。かなり寒くて私はジャンパーを羽織《はお》らないといられなくなりましたけど、彼女はまだまだ暑そうだった。というか、なんだか熱を出してるような感じで、ただ寝てるだけで赤い顔をしてふうふう言ってて。

私は頭を抱えましたよ。

ラフカディオ・ハーンの「雪女」じゃ、雪のなかで助けた若者は雪女と結婚して、子供を十人つくるんです。私たちにはまだひとりもいなかったし、あれだけ中出しでやりつづけていればいずれはできたに違いありませんが、妊娠が発覚するほど長い期間一緒にいたわけでもない。

まだまだ彼女との生活は長く続くはずなのに、こんなところで台無しになったら眼も当てられません。

なにより、彼女の体を求めたくてしかたがないのに、ぐったりされていてはそれもできないじゃないですか。

そこで閃《ひらめ》いたのが、冷凍倉庫です。傷ものの食品を横流ししてもらってる悪徳業者のひとつに渡りをつけましてね、理由はきかずにちょっと冷凍倉庫を貸してくれって頼んだんです。彼らとしても私の機嫌を損ねたくないし、運良くちょうどお盆休みに差しかかるときでしたから、ふたつ返事で貸してくれましたよ。

深夜の二時頃ですか、その会社に訪ねていくと、爺《じい》さまの警備員がひとりいるだけでした。無愛想《ぶあいそう》な人でね。挨拶しても眼も合わせない感じで、警備員室の椅子《いす》に座ったまま、黙って鍵《かぎ》を差しだしてきました。まあ、こっちにとっては願ったり叶ったりです。

私は彼女を冷凍倉庫に運びこみました。赤い顔をしてふうふう言ってて、もはやひとりでは歩けない状態でしたので、肩を貸してやってね。

零下《れいか》何十度だったかな？　とにかく吐く息が真っ白になるような冷気のなか、工業製品めいた肉塊がカチンカチンに凍りついてました。くず肉を固めて、ダンボール箱みたいな四角いブロックに固めてあるんです。腐ったマグロみたいなドドメ色で、とても食卓に並ぶ代物《しろもの》には見えません。あれに比べれば、残飯のほうがまだ人間味がある。

そんななかに、私は彼女を運んでいった。

脂《あぶら》ジミまで凍てついているコンクリートの床に、身を横たえてあげてね。

私はダウンジャケットのなかにいくつもカイロを入れて防寒対策万全でしたけど、彼女は薄いワンピース一枚でしたから、すぐにガタガタ震えだしました。でもまあ、そのうち生気を取り戻すだろうと思って様子を見てたら、赤らんでいた瓜実顔が次第に青ざめてきましてね。雪女らしい顔になってきましたよ。

で、虚《うつ》ろな眼で私を見つめながら、血の気を失った唇を震わせるんです。

ありがとう、って言ったのかな。ごめんなさい、にも聞こえたな。

馬鹿だなあ、って私は笑いかけましたよ。

だいたい、雪女のくせに夏に化けて出てくるやつがあるかい。雪の化身なんだから、普通は冬に出てくるもんだろう。

それにね、雪女っていちおう幽霊っていうか、人外の魔物じゃないですか？　それにしてはおまえさん、すけべすぎるぞ、と。ニンフォマニアの雪女なんて、子供に聞かせられない伝承になっちまうじゃないか、なんて笑って。

彼女は笑いませんでしたけどね。

表情からどんどん生気がなくなっていって、存在そのものが手のひらでつかむと消えてしまう雪のように儚《はかな》くなって……息を呑《の》んでしまうほど綺麗だった。ぞっとするくらい妖艶な色香が匂ってきた。

私はしかし、怖くなりました。

彼女が消えてしまうと思ったからです。冷気を与えたことで、雪の化身に戻ってしまうんじゃないか。虚ろな眼つきで白い息を吐いている彼女を見つめていると、そう思わざるを得なかった。

冷凍倉庫のなかは、分厚い扉で外からの音が遮断《しゃだん》されています。でも、常時かすかな音が聞こえているんですね。ミシ、ミシ、って。元の形もわからなくなったドメ色のくず肉がね、凍っていく音なんですが。黙って聞いてると、そんなふうにされてしまった牛や豚の悲鳴にも聞こえてきてね。言いようのない恐怖とともに、どんどん現実感がなくなっていきました。音だけじゃなく、あたりを覆った霜《しも》の色が眼球の裏まで染みこんでくるような感じで、視界が白く濁《にご》っていく。

「おいっ！」

私は叫びました。いや、そのつもりでしたが、ほとんど声は出ませんでした。なにしろ、唾液まで凍てつきそうな寒さでしたから。

「大丈夫かよっ！　大丈夫だよなっ！」

彼女を抱き起こして揺さぶりました。袖のないワンピースから伸びた腕が、すごく冷たかった。部屋にいたときは、熱でもあるように火照っていたのにね。

その冷たい肌に、私は欲情してしまいました。

雪女にはやはり、冷たい肌が似つかわしい。

彼女はすでに眼をつぶっていて、声をかけても揺さぶっても反応はなくて、眠ってしまったようでした。ようやく熱気から解放されたせいか、とても安らかな顔でね。

しかし、私の欲情はおさまりません。

それどころか、血の気を失った彼女の顔に、ますます興奮してしまいまして。

裸にするのは簡単でしたよ。薄っぺらいワンピースと上下の下着しか着けてないんですから。ミュールっていうんですか、突っかけサンダルみたいな履き物は、とっくの昔に脱げてましたしね。

凍てつくコンクリートの上に横たわった全裸の彼女は、それはそれは美しくて、この世のものとは思えないほどでした。

何度となく愛撫したその体を、私はあらためて一つひとつ点検していきました。青白い血管が浮かんだ豊満な乳房も、しなやかにくびれたウエストも、むっちりした太腿も……足の爪や耳殻《じかく》や陰毛まで、熱い視線でじっくりとね。

それから、そこだけ淡いピンク色の乳首にキスをしました。

冷たかった。

渓流の魚どころか、完全に氷のようでした。

おぬしようやく正体を現わしたな、って感じですよ。

乳房を揉むと、ミシ、って音がしましてね。

血や肉まで凍ってしまったんでしょうね。

雪女っぽいでしょ？

「ふふっ、早く眼を覚ませよ」

私は冷気にこわばりきった唇をなんとか動かしました。

「すぐにまた、体を火照らせてやるからな。ここなら大丈夫だろう。イキまくって体が燃えるように熱くなっても、これだけ涼しければ」

彼女は眼を覚ましませんでしたけど、私はかまわず両脚をひろげました。太腿の肉をミシミシ言わせながら、M字開脚です。

アーモンドピンクの花びらは、凍てついて白っぽくなっていました。でもね、やっぱり彼女はすけべな雪女でしたよ。割れ目を指でひろげてやると、薄桃色の粘膜からほのかな湯気がゆらゆらあがって。

口づけをすると熱かった。

私は夢中で舐めまわしました。

私のクンニがしつこいって話は前にしましたよね？　五時間でも六時間でも舐めつづけていられるって。最初は舌も凍えていてうまくできませんでしたけど、意地になって舐めてやった。ひんやりした体のなかでそこだけ熱い股ぐらを、ねちねち、ねちねち。アーモンドピンクの花びらも、しゃぶっているうちに生気を取り戻してきましたしね。ふやけるくらいにしゃぶってやりましたから。薄桃色の粘膜はもっとです、まるで日を浴びたバターのように、獣じみた発情のエキスがあふれてきた。いつもよりこってりと濃厚な、肉そのものの味がしましたよ。

どれくらい続けたでしょうか？　腕時計を忘れたのでよくわかりませんけど、一時間か二時間……もっとかな。とにかくけっこう長い時間おまんこを舐めてやったんですが、彼女は眼を覚まさなくてですね。

彼女は雪女だからいいですけど、こっちは生身の人間だから、いくらダウンジャケットとカイロで武装していても、寒さに耐えられなくなってきたんです。

いや、寒さに耐えられないって言い方は、ちょっとそぐわないかな。意識が朦朧《もうろう》としてきましてね。キーンっていう耳鳴りが一秒ごとにどんどん大きくなっていって、ああ、これはきっと脳味噌が凍りついていく音だ、なんて思って。墨堤のブルーテントで感じた痛いような寒さとは違って、むしろ気持ちいいっていうか……。

で、私はちょっと錯乱《さくらん》したみたいな感じになってしまい、

「おいっ！　いいかげん眼を覚ませよ。おまんこぐちょぐちょのくせに、いつまでタヌキ寝入りしてるんだっ！」

そんなことを叫びながら、彼女の頬をピシピシ叩いたりしてみたんですけど、全然眼を覚ましてくれなくて。やっぱり雪の化身に戻ろうとしてるんじゃないかって、すさまじい恐怖が襲《おそ》いかかってきて。

「待てよっ！　おまえは俺の子供を十人産むんじゃないのか？　まだひとりも産んでないじゃないかよっ！　俺の子供を産んでくれよっ！」

私は子供なんて大嫌いですから、そんなことをわめき散らすなんて、完全に錯乱していたとしか思えません。

まぼろしも見えました。殺風景《さっぷうけい》な冷凍倉庫にいるはずなのに、一メートル先も見えない吹雪の雪山にいるようなね。八甲田山《はっこうださん》とかそういう、私は東京生まれの東京育ちでスキーもしたことありませんから、映画でしか見たことないですけど、真っ白い大雪原のなかでふたりで吹雪に見舞われて、いまにも遭難しそうなまぼろしです。

気がつけば私は服を脱いでました。ダウンジャケットもカイロも放りだして、全裸です。寒くはなかったです。彼女を失ってしまうかもしれないという恐怖のほうが先に立っ

て、歯はガチガチ鳴ってたし、睫毛《まつげ》が白く凍りついているのもはっきりわかりましたけど、それでも寒くなんてなかった。

股間ではイチモツが隆々と勃起していました。零下何十度なんですけどね、医学的にそんなことありえるのかって、いま思うと不思議ですけどね。

でも、たしかに私は硬く勃起して、彼女を抱きました。よく濡れた薄桃色の粘膜に、猛り勃つペニスを突き立てた。快感で体を火照らせてやれば、もう一度眼を覚ましてくれるに違いないってね、そのことばかりを考えて、必死になって腰を使いましたよ。

結局、彼女は眼を覚ましませんでしたが。

おまんこはぐちょぐちょに濡れてましたけど、突けば突くほど冷たくなっていって、しまいにはシャーベットのなかにちんぽを突っこんでいるような感じになって、私はそのなかで果てました。

どくんっ、て放出した瞬間、厳寒の湖に張った分厚い氷を、噴射するマグマで突き破ったような快感がありましたよ。人間が耐えられる快感の量を、遥かに超越している感じでした。実際に耐えられなくて、私は最後の一滴を確認できないまま意識を失ってしまいました。繋がったまま失神です。爺さまの警備員が様子を見にくるのがもう少し遅かったら、いったいどうなっていたのか……考えたくもありませんね。

……ふうっ。

とまあ、私の話はいちおうここで終わりです。

＊

ところで刑事さん、どうして私はこんな話を延々と、しかも繰り返ししなければならないんでしょうか？

拉致《らち》監禁？　死姦？

おっしゃっている意味がさっぱりわかりませんよ。

そもそも彼女は雪女なんです。人外の魔物を煮て食おうが焼いて食おうが、国家権力にはなんの関係もないでしょう？　傷ものの食品を横流しした件については、すべての罪を認めたうえで甘んじて罰を受けましょう。ええ、受けますとも。でもね、彼女との一連の出来事については、貴様のような木っ端《こっぱ》役人が口を挟む問題じゃないっ！

……落ち着いてますよ、私は。

極めて冷静な精神状態です。

じゃあね、刑事さん。逆にお訊ねしますが、彼女が雪女じゃないっていうなら、いったい誰だったっていうんですか？

みゆき？

深い雪と書いて。

ハハハッ……。

刑事さんも冗談がきつい。

それは、別れた女房の名前じゃないですか。

私を捨てた女の名前だ。

たしかにね。

女房のやつも美人でした。スタイルも抜群だった。性格にはいささか難がありましたけども、私はその美しい容姿に惚れ抜いて求婚したんです。

自分の女房、しかも別れた女房を賞賛するなんて滑稽の極みですけども、本当に綺麗でした。瓜実顔の顔立ちが端整すぎて、冷たい感じがするほどに。

その証拠に、三十路を過ぎても男をとっかえひっかえだったたでしょう？　肉便器なんて渾名《あだな》されてて、私はつらい思いをしましたけど、モテない女なら肉便器にすらなれないわけですから。

まあ、モテるってだけじゃなくて、彼女自身もすごい性欲の持ち主でしたけど。

私は応《こた》えるのに必死でしたよ、まったく。

大人のオモチャを買い求めたり、SMまがいのプレイをしてみたり、やつを悦ばせるためならなんでもやってみたものです。

彼女はそんなこと望んでいなかったって？

私のねちっこい変態性欲に辟易《へきえき》してた？

深雪がそう言ったんですか？

下北沢のバンドマン？　フィットネスクラブ？

刑事さんも大変ですね、他人のプライヴェートを細々と嗅《か》ぎまわって。

つまりあれですか、私の変態性欲に耐えられなくなって、女房は浮気を繰りかえしていたと、そうおっしゃりたいわけですか？

肉便器なんて渾名された女にも、三分の理があったと。

で、女房に三下り半を突きつけられたにもかかわらず、私は未練でのたうちまわり、浮浪者になってなお彼女のことを夢に見て、もう一度彼女を抱かなければ死んでも死にきれないと奮い立ち、犯罪にまで手を染めて生き延びた挙句《あげく》、偶然再会した彼女を拉致監禁殺人死姦したと、そうおっしゃりたいわけですか？

だったらどうだって言うんだよっ！

テメエ、この税金泥棒、貴様のようなドブネズミ野郎には一生味わえないと思うけどな、死んだ女とするおまんこっていうのは、そりゃあもう最高だったぞ。マンションに監禁してまともに飯も与えないで毎日毎日おまんこ漬けにして弱らせて、元々冷え性だった体が冷凍倉庫に行ったときには本当に氷みたいだったからな。絶望に眼を曇《くも》らせて死んでいくやつの顔を眺めながら、俺はやつが浮気してくれたことに感謝したよ。肉便器と呼ばれてくれてありがとう。殺してやりたいくらいの憎《にく》しみを与えてくれて本当にありがとう。きっと最初からそうしたかったんだよ、俺は。やっと出会ったときから、やつを殺して、冷たくなったところを犯しまくってやりたいって思ってたんだ。それくらい愛してたんだ。好きで好きでたまらなかったんだ。肉便器の正体が明らかになっても、俺は泣きながら土下座して帰ってきてくれって頼んだんだぞ。なんか文句でもあんのか、この野郎っ！

……ふふっ。

冗談ですよ。

そんな怖い顔しないでください、刑事さん。

だって彼女は雪女なんですから。

お望みなら、もういっぺん最初からお話ししましょうか？

緋《ひ》牡丹《ぼたん》夜話

菅野　温子

著者・菅野《すがの》温子《あつこ》

静岡県生まれ。立命館大学文学部哲学科卒。九一年、スポーツ新聞でポルノ作家としてデビュー。女性寄りの視点でのセックス描写を目指す。著書に『あなたに夢中！』『花嫁は蜜の味』ほか多数。また、『秘戯S』『秘戯X』（祥伝社文庫刊）をはじめとする官能アンソロジーにも参加している。

1

淫《みだ》らに艶《なまめ》かしい牡丹《ぼたん》のような唇が歌っている。

「唆《そそのか》す、弄《もてあそ》ぶ、男欲しさに夜の街……煮えたぎる、地獄まで、この世の恋は続いてる……」

哀切《あいせつ》な歌声を夜空に響かせたかと思うと、くっきりと朱の紅《べに》に彩《いろど》られた唇が、別の生き物のようにのたうつ舌を覗かせて舌なめずりする。

「あぁ、あぅ、あぅぅー、どうせこの世は生き地獄……しどけなく、したたかに、色恋沙汰《ざた》に耽《ふけ》る道」

風がわだかまる曲がりくねった路地で、貪欲な唇は食虫花のように口を開けて、男の太い魔羅を呑みこみだした。

「むぅぅ、ぐふぅー、むぐぐぐー……」

王冠部がおいしい。

艶《あで》やかに張りつめた肉塊に色っぽく舌を絡《から》めつけ、牝獣《めす》のように男の肉を味わう。ビチャビチャビチャと裏路地に湿った淫音を響かせて、牡《おす》の器官を咥《くわ》えつくすのだ。淫猥《いんわい》に濡れた口腔が咀嚼《そしゃく》を始めると、口角から一筋二筋垂れた血が、ぼってりした唇を鮮烈なまでに染めていく。

迷路のように入り組んだ湿地帯の遥か上方で、風が狂おしく吹きすさぶ。ここは、この世の行き止まり。血の滴《したた》る唇を白い手の甲で拭《ぬぐ》ったきり、女はその場に茫然《ぼうぜん》とうずくまっている……。

金縛り？

飯沼翔子《いいぬましようこ》は、ベッドのなかで身動きできなくなっている自分を見出《みいだ》した。手足を鎖で繋がれているように、どこもかしこも重たい。

金縛りにあっている今の状態が現実であるなら、先ほど男を呑みこんでいた唇は夢だったのだろうか？　見えない力に囚《とら》われたようになったまま、脳波ばかりが先走りしはじめる。

「くぅぅっ、ヒデ、助けてぇ……動けないのよぉ」

隣で寝ている富山英次《とやまひでつぐ》に向かって、助けを求める声をあげた。

同棲《どうせい》中の英次は二十九歳で、翔子より五つ年上だ。麻布《あざぶ》のクラブで知りあってすぐに追いかけてきて、やがて翔子が母親とともに暮らしていたマンション近くに引っ越してきてしまった。

母が十数年前に再婚していたため、翔子は母及びその二番目の夫とともに暮らしていた。それで結局、近くに移ってきた英次の部屋が都合よくなって、今年に入ってからなし崩《くず》し的に入り浸《びた》るようになったというわけだ。

「ヒデ、ヒデ、なんとかして……あたし、たいへんなのよ」

パニックになった翔子は、大声をあげて英次を呼び起こした。

悲鳴に気づいた彼が目を開けて、何事かというようにムクッと上体を起こす。

「ショコたん！……いったい、どうしたんだ？」

「金縛り、みたい……まったく動けないの」

英次はサイドテーブルの灯りをつけると、早くなんとかしてと求める翔子の状態を、確認した。

それから、さも嬉しそうな表情になって、ふたりの体に掛かった初夏の薄掛けを捲《めく》りあげる。彼のものである男物のTシャツ一枚で横たわる翔子を、欲望に満ちた目で眺めまわした。

「こりゃ、いいや。今こそ君を好きなようにするよ」

(えっ⁉……)

翔子は恋人の異様な物言いに、背筋が凍りつくのを感じた。

いつもの寝室が、違う色彩に染めあげられていく。太腿《もも》の上方までを覆うTシャツの裾《すそ》を英次に摘《つま》まれ、ゆっくり捲りあげられる。

「はあぁっ、何するの！　そんなことするなんて、ずるいわ」

雪のようにきめ細かい肌を剝《む》きだされ、翔子は新たなパニックに襲われた。冷や汗が吹きだし、長めのレイヤーにしている髪が首筋に張りついてしまう。

ほどよく隆起した両乳房までを露出《ろしゅつ》してから、英次が身動きままならぬ女体にのしかかってきた。

「ふぅぅっ、たまらなくきれいだ。可愛くて、どこもかしこも食べちゃいたいよ」

駆《か》けだしの女優である飯沼翔子のファン代表を自認する彼は、わななく唇を執拗《しつよう》に塞《ふさ》ぎ、自分の唾液を垂らしこんでくる。

いつもなら翔子が嫌がるようなことを、この機会にすべてしてしまおうというのか？

優美な曲線を描く腰回りにぴっちり張りついたパンティを引きおろすと、太腿をやっとこのように広げて体を割りこませた。

「キャアッ、いや、いやぁっ！」

付き合って一年半になるとはいっても、翔子は英次の望みを何もかも叶《かな》えさせているわけではない。セックスするようになったのも、彼が一年前にこのマンションに引っ越してきてからだし、求めを拒むことも多かった。

今でこそ再婚した夫と落ちついて暮らしているが、翔子の母は男性関係に傷つき、精神のバランスを崩した過去があった。

そんな母の姿を見てきたせいもあるだろうか？　翔子は自分から、男性と肉の関係を持ちたいと望んだことはない。これまでに恋人になった男たちが一様に肉体を求めてきたから、仕方なくそれに応じただけで、男女のドロドロした関係には、どことなく嫌悪を覚えていた。

いつもなら拒否的な態度を見せる翔子が、隠すもののなくなった局部を、英次に間近で観察されていた。金縛りのせいで硬直した下肢を強引に割り広げられて、秘肉を剝きだされてしまったことに、堪えがたい気持ちでいっぱいになっている。

「やっ、やめてぇ……そんなこと」

女友達がいないわけではないが、行く先々で男に追われることの多い翔子にとって、男性と一緒に過ごすのは常態だった。それはそうなのだが、男たちが自分に対して抱くらしき欲望を、どうにも理解できない。

体が自由に動かないのをいいことに、同棲中の英次に瑞々《みずみず》しい女の秘部を剝きだしにされている。いつもなら逃げだしてしまうようなことなのに、怨霊《おんりょう》に手足を押さえこまれたようになっているせいで、思う存分眺めまわされていた。

「すごくエロいぞ。飯沼翔子のあそこが、丸見えになっている」

いったい、今は何時くらいなのだろうか？　室内をぼわんと照らす電気スタンドの白熱球に、裸身の陰影を際立たされ、陰部を覗きこまれた。

「くぅっ、たまらない……とろとろのオツユが溢《あふ》れだしてくるよ」

英次が興奮したような声をあげて、ぬめった秘肉にむしゃぶりついてくる。

先ほど夢に見た唇が形を変えて、我が身に襲いかかってきたのかと思うような感じだ。吸われ、なぞられて、鮮烈な感覚が局部に満ちていく。

「あっ、はぁぁっ、堪忍してぇ」

魔のときを堪え忍び、ひたすらすすり泣くような喘《あえ》ぎを漏らしながら、翔子はされるまになった。

「ひぃぃっ……堪忍してぇっ」

肉襞《ひだ》と肉芽が、舌で舐めまわされはじめる。淫靡《いんび》な衝撃に震《ふる》えあがりながらも、息遣いは次第に荒く淫《みだ》らになっていく……。

「おい、どうしたんだ？」

揺すり起こされて目覚めると、英次が顔を覗きこんでいた。

「いやっ、やめてっ……堪忍してぇ！」

欲情の刃《やいば》を向けてきた男から、さらなる仕打ちを受ける恐怖に戦《おのの》き、翔子は叫び声をあげた。

「何言ってるんだ。あんまり苦しそうだったから、起こしたほうがいいと思ったのに……」

身動きままならないのをいいことに、卑猥《ひわい》なことを無理強《じ》いしてきた男が、心配そうに自分を見つめている。拒否感は強く、翔子は思わず枕から飛びのいた。

「ひどい、ひどいわ……はあぁぁぁっ」

「こんなに汗ばんじゃって。かなりうなされてたから、悪い夢でも見ていたんだな、きっと」

額に張りついた髪の筋を剝がされ、宥《なだ》めるように髪を撫《な》でられる。

（夢ですって？……今のはすべて夢だったというの？）

言われてみれば、金縛りも解けているようだ。葛藤《かっとう》した分、節々に得体の知れない疲労は残っていたが、手足を動かすことはできる。

「いま何時？」

「四時半くらいだよ」

外はすでに、明るくなりだしているようだ。陽の光とともに、闇夜に忍びこんでいた魔境がきっぱり締めだされたみたいに、室内にも英次にも禍々《まがまが》しさの残影は見あたらない。

いや、ただ一つ。

翔子は秘部に張りついたパンティが、冷たく湿っているのを感じた。蒲団《ふとん》のなかで密《ひそ》かに忍びこませた指が、とろとろっと淡い旺盛《おうせい》な蜜《みつ》に触れる。

2

「堪忍」などという古めかしい言葉を夢のなかで繰りかえしていたのは、それが現在撮影中の映画で、遊女役の翔子に与えられた台詞《せりふ》だからに違いない。

奇才として注目される新進監督の紀尾井充《きおいみつる》が、独特のアンダーグラウンド感と時代物をミックスした新作映画〈みのるた〉の制作に取りかかった。

翔子は五年ほど前から芸能プロダクションに所属して、ＣＭに出たり、舞台経験を積んできた。女優として売り出し中の今、紀尾井監督の映画に出ることを夢見て、〈みのるた〉のオーディションに応募したのだ。

宣材《せんざい》写真数点とともに、過去の出演歴や今回の作品への意欲などを記したＰＲを送ると、書類審査を通過してオーディションの通知が届いた。

女優として活動しているとはいっても、これまでの翔子には、何が何でもこの世界で頭角を現そうというような強い意欲があったわけではない。

両親の離婚時には小学四年生だったが、三歳年上の兄とともに父のもとに引き取られた。山陰《さんいん》のとある田舎町で高校まで出てから、専門学校に通うために上京した。以来、大学生になった兄ともども、母の再婚先に置かせてもらうという状況だった。

ユニークな校風で数多くのクリエーターを輩出《はいしゅつ》してきた専門学校に通ううち、翔子は何度となく渋谷《しぶや》や原宿《はらじゅく》などの繁華街で、芸能プロダクションのスカウトを受けた。はじめは地方出身の自分を罠《わな》にかけようとしているのだろうと疑ったのだが、話を聞いてみると有名タレントも所属しているプロダクションだった。

母の再婚相手への遠慮もあって、ずっと母のところに置いてもらうわけにもいかないと考えていたから、仕事をもらえるならという気持ちで、十九歳のときに今のプロダクションに入った。

自分ではそんなに女おんなしているつもりはなく、宣材写真もどちらかといえば中性的なイメージなのだが、紀尾井監督のオーディションでは、どういうわけか時空を超える遊女役の候補に選出されていた。

（遊女役なんて、私なんかに務まるものかしら？）

かなり疑問はあったものの、その役は有名女優の武本《たけもと》あやめが演じる姫君の謎を解く大事な役回りだ。うまく演じこなしたなら、世間に名を知られるチャンスになりそうだった。

プロダクション所属後も、熱を入れて演技の勉強をしてきたわけでもないのだが、紀尾井作品への個人的な思い入れは強かった。たとえそれが遊女役であったとしても、なんとか射止めたいという気持ちで、面接や実技試験に臨んだ。

映画関係者たちが見守るなか、簡単な演技をさせられたりしたが、試験に通るような出来映えには思えなかった。面接でもドジな答え方をしてしまったので、結果を聞く前からダメだと諦めていたのだが、蓋《ふた》を開けてみれば翔子は見事遊女役に選ばれていた。

「君にはなんというのか、この役のエッセンスがあるんだ。僕のイメージに、非常に近いものを持っている」

三十七歳の紀尾井監督は思ったよりもシャイな人柄らしく、ややはにかみながら翔子を激励した。

さすがに芸術家は違うと翔子は感激し、彼の新作の遊女役に選ばれた自分を誇りに思った。

こうなったら監督の期待に応えるためにも、なんとかしてこの役を成功させなくてはいけない。役柄上色っぽいシーンも多いわけだが、この際体当たりでぶつかっていくしかないだろう。

翔子は与えられた台本を繰りかえし読んで、頭に入れるとともに、この作品に登場する遊女の雰囲気を自分のものにしようとした。

時空を超える遊女というだけあって、この役には様々な時代の遊女像が盛りこまれている。

江戸時代の吉原遊郭《よしわらゆうかく》で夕霧太夫《ゆうぎりだゆう》として崇《あが》められた遊女を演じたかと思えば、別のシーンでは場末の遊び女であるお夕《ゆう》に身をやつして客をとる。お夕は夕霧太夫の生まれ変わりであり、いわば男が女に求めるあらゆる欲望や欲求が入ったような役なのだった。

これまで勉強に入れ込んだ例《ため》しのない翔子が、夕霧やお夕の台詞を繰りかえし口にしては、そこに息吹《いぶき》を注ぎこもうとした。日本舞踊の稽古《けいこ》に通いながら、撮影前の演技指導を受けるにつれて、自分の体内に夕霧が入りこんでくる。そんな奇妙な感覚があった。いよいよ先週から撮影が始まって、さらに役に同化する日々を送っていたせいで、昨夜はあんな淫猥な夢を見てしまったのに違いない。金縛りにあったと錯覚したのも、この役に熱を入れすぎているせいで見た夢なのだろう。

そう、今日はいよいよ翔子扮《ふん》する夕霧太夫が初めて登場する重要なシーン、花魁《おいらん》道中の撮影が行なわれる。撮影所のメイク室に入った翔子は、白塗りにされた自分の顔が徐々に彩られていくさまを、じっと見守った。

あたかも歌舞伎の女形《おやま》のように、卵形の顔の素地が塗りこめられ、普段とは違う部分が強調されていく。

眉《まゆ》ははかなげに描かれ、目の下から目尻にかけては鮮やかな朱のラインを入れられた。

(これが夕霧?……まるで、私とは別人ね)

唇をおちょぼ口に描かれたあげく朱に染められると、鏡に映っているのは見たことのない女でしかない。

翔子はドキドキしてきた。自分のなかで、妖しい変容が起こりはじめている。

格が高い遊女は太夫《たゆう》と呼ばれ、客の男たちにとっては夢のような存在だったのだという。和歌や琴、三味線《しゃみせん》はもとより、華道や茶道などの素養を身につけていて、売れっ子であれば数ヵ月先まで予定が入っている。

吉原では格子《こうし》の形によって、遊郭の格がわかる仕組みになっており、太夫への思いを遂《と》げるには一度目の「初会」、二度目の「裏」を経る必要があったらしい。三度目の「馴染《なじ》み」になって初めて、客の願いが叶う段取りになっていたようだ。

という基礎知識から考えれば、それだけ格式があり、男女間の駆け引きにも通じた女として、画面に現れなければいけないわけだ。専門のメイク担当者の手によって、画期的に変貌《へんぼう》していく自らの形相《ぎょうそう》を目にしながら、翔子はひたすら夕霧太夫に同化しようと努めていた。

立兵庫《たてひょうご》という物々しく結いあげられた太夫の鬘《かつら》が、頭に載せられる。ずっしりした重みとともに、夕霧太夫の脳波までもが浸透してくるようだ。

（あ、あなたは誰？……）

翔子は自分の体内に巣食いだした別の意識に震撼《しんかん》し、心のなかで問いかけた。

答えはない。しかし、いかにも「私は夕霧よ」と言うように、鏡のなかの朱に縁どられた目が妖しく目配せした。

これは、どういうことだろうか。本物の夕霧太夫が翔子のなかに入りこんでしまったようだ。

全体のバランスを見ながら、長い笄《こうがい》が髷《まげ》の左右に何本となく挿《さ》されていく。大きな櫛《くし》二枚に花形の入った銀簪《ぎんかん》、紋なしの鼈甲簪《べっこうかんざし》も挿され、角がたくさん生えでたような頭になる。

美しく演じてもらわないと困るとでも言いたげに、夕霧の意識は強いパワーを発しだした。

遥か昔に死んだ人の霊が、これから始まろうとしている出来事に関わろうとする。そんな奇妙なことが、本当にあるのだろうか？　翔子は強く訝《いぶか》りながらも、今日の撮影を何とかして成功に導きたい一心で、夕霧の霊に支援を乞うた。

（私はこの映画で注目されれば、女優としての将来が開けるんじゃないかと思っているんです。ぜひとも、お力を貸してください）

「いいわよ」と請け負うみたいに、鏡のなかの夕霧太夫は、落ちつきはらって微笑んでいる。その妖艶な表情は、どう見ても素顔の翔子からはかけ離れていた。不思議なオーラに満ちているのは、太夫の霊に乗りうつられたせいとしか思えない。

メイクを終えた翔子は、衣裳部屋へ連れていかれた。着物の上に錦緞子《にしきどんす》の帯を前結びにして垂らされ、重量感のある打ち掛け二領をまとわされる。

翔子はこのところプレッシャーで過敏になっていたが、夕霧の霊を宿したからには撮影の成功は間違いなしという気がした。たいそうな支度《したく》を経ていよいよ花魁らしい姿になると、エィッとばかりに黒塗り畳付きの高下駄《たかげた》の上に立ちあがる。なんだか、鬼に金棒という気持ちになりだしていた。

「翔子さん、とってもお似合いよ」

着付けをしてくれた衣装担当者が、賞讃の声をあげた。三枚歯の下駄は十五センチもの高さがあり、いきなり目線が高くなる。鬘も着物も相当の重量で、姿勢を維持するだけで労力が要《い》った。

高下駄で歩く練習は何度もしてきたわけだが、正式に衣裳を身に着けた上で履くのは初めてだ。衣裳の圧迫感にたじろぎながらも、翔子は江戸ふうといわれる外八文字《そとはちもんじ》で、しゃなりしゃなりと歩いてみた。歌舞伎役者に倣《なら》って、この役のためにそれ相応の筋トレもしてきているので、なんとかこなせそうだ。

「おはよう。夕霧太夫の支度はできたかな？」

衣裳部屋のドアが開き、紀尾井監督が顔を覗かせた。撮影監督の辻《つじ》さんも一緒にやってきて、翔子の花魁姿をチェックする。

「おはようございます……」

鬘と衣裳のせいで簡単には振り向けなくなっていた翔子は、姿見越しにふたりに挨拶した。

この方が監督の紀尾井さんかしらというように、夕霧の霊が翔子の体内で華やぎだす。女優の体に乗りうつることによって、久々にこの世に舞い戻った実感に浮かれているようだ。

さすがは多くの殿方を翻弄《ほんろう》してきた江戸時代の高級遊女だけあって、男性を目にすると条件反射的に食指が動いてしまうのかもしれない。

「すっかり太夫になりきっているね。これなら、うまくいきそうだ。艶っぽいよ、翔子ちゃん」

紀尾井監督はしげしげと、翔子の太夫姿を眺めまわした。

「出番までには時間があるから、できるだけその格好に馴染むように」

「はい、わかりましたぁ」

翔子には特別艶かしい目つきをしている意識はないのだが、監督は魅入られたように太夫の化粧をした顔を見つめている。

辻さんも「いいよ、色香があるね」と指でOKサインを出して、部屋を出て行った。

夕霧の霊が入ったせいで、江戸の町に浮き名を流した遊女のエッセンスが、自《おの》ずと発せられるようになったのだろうか。

自分が自分でなくなったような奇妙な感覚に囚われながら、本番を目前に控えた翔子は、外八文字の独特の歩き方を休むことなく特訓しつづけた。

3

撮影所の一角に、新吉原の仲之町《なかのちょう》を再現したセットが組まれている。監督の掛け声とともに、その格子の見世部分が両側に連なる通りを、夕霧太夫になりきった翔子が仰々《ぎょうぎょう》しく歩いていく。前を行くのは箱提灯《ちょうちん》を持った男衆、その次に禿《かむろ》役の少女ふたりが付き従う後を、外八文字の歩き方で進む。

これは、揚屋《あげや》と呼ばれる貸座敷に入った客のところへと向かうための儀式で、太夫の艶やかな宣伝活動の意味あいも兼ねていたらしい。

もはや映画のなかの夕霧本人と化した翔子は、自分を待つ客をどういなしてやろうかという気持ちで、花魁道中を歩んでいた。股を割って外に踏みだすたびに、着物の裾が危うく揺れて、仕掛の裏に張られたビロード地が艶やかに覗く。

数多くのライトに照らされて、まさしく妖艶で華麗な夢のような女そのものになっていた。

仲之町の両側に群がった人々が、太夫を絶賛する声をあげる。ほーっという溜め息や賞讃の声、羨望《せんぼう》のまなざしを浴びせかけられて、堂々とした押しだしでカメラに収まりつづける。

「カーット！」

再び紀尾井監督の声が響きわたると、一同はようやく力を抜いて撮影の合否を待った。スタッフや役者の間にピンと張りつめた空気は、いかにも皆が連帯して作品を作りあげようとしていることを実感させるものだ。

三度ほどの撮り直しでOKが出たのは、やはり体内に乗りうつった夕霧の霊によるところも大きいだろう。翔子は力むことなく太夫の雰囲気をかもし出したのみならず、道中を歩む高級遊女の心中をも滲《にじ》ませることができた。

気難しいことで有名な紀尾井監督が、翔子が登場するシーンにさほど難癖《なんくせ》をつけなかったのも、おそらくは夕霧の霊が同化したことを、彼の独特の感性で感じとっていたからではないか？

その日の撮影をつつがなく終えた翔子は、安堵《あんど》感とともに、力を与えてくれた霊に感謝した。さすがは格式高い太夫にまで上りつめた霊魂だけあって、することなすことすべてがプロフェッショナルであるらしい。

そのお陰で、何重にも着込んだ衣装や、大仰なまでに笄を挿した鬘の重さにも負けることなく、見せ場である花魁道中のシーンを成功させることができたと感じていた。

（ありがとうございます、夕霧さん。なんとか、今日の役目を無事に果たすことができたわ……）

翔子は心のなかで礼を述べた。

夕霧太夫の重要シーンを上首尾に導いた霊は、衣裳を脱いだ後は、気配がなくなっていた。満足したらしく今は休んでいるようだ。

その日の帰りがけに、翔子は紀尾井監督に呼びだされた。これからの進行上、折り入って伝えておきたいことがあるとのことだった。

今日の撮影は翔子扮する夕霧太夫のシーンが主で、主演の武本あやめも来ていない。二十九歳のスター女優であるあやめがいるときには、監督も翔子には近寄ってきにくいのだろう。それで今日を逃さず自分を呼びだしたのだという気がしたが、これには夕霧の霊の思惑《おもわく》も働いているのかもしれなかった。

太夫の艶やかな衣裳から自前の浴衣《ゆかた》に着替えた翔子は、籠《かご》バッグを手に監督が運転する車に乗せられた。

今夜の監督は、他のスタッフたちとは別行動であるらしい。遊郭の場面で重要な役割を務める翔子に、このあたりで役柄のエッセンスを吹きこんでおこうとでもいうのだろうか？

映画制作というのは、よく「○○組」と言われるように、あくまでもチームをうまく機能させることが成否を決める。彼も撮影の区切りには、皆を引き連れて飲みに行くことが多いようだが、今夜は翔子ひとりにかまける所存らしい。

撮影には多くの人が関わっているため、翔子は紀尾井監督と一対一になるのは、これが初めてだった。彼が自分を買ってくれたということはわかっていても、女優としての資質は我ながら未知数である。監督がどこを評価してくれたのかを、特別に理解しているわけでもなかった。

ヘッドライトに照らされた夜の道路を、車はひた走る。車内に漂う緊密な気配に戦き、助手席の翔子は上擦《うわず》った。ふたりきりになったことを意識せずにはいられなかったが、どうもこれまでの自分とは違う。そのことを、やや意外に感じていた。

（私ったら、花魁道中を撮りおえて、腹が据《す》わったのかしら？　きっと今日の撮影で、正真正銘《しょうしんしょうめい》の太夫としてデビューできたのね……）

翔子が明日からもこの調子でいこうと意欲を溢れさせているのを察してか、監督がやさしく声をかけてきた。

「今日は、浴衣で来たんだね？」

ハンドルを握りながら、目を細めてこちらを見る。

「少しでも、和服に慣れておこうと思って。夏の着物は持っていないので、浴衣になっちゃったんですけど」

黒地に鮮やかな蝶が舞う浴衣は、母がデパートで買ってきてくれた。ひとりで着られるように、浴衣の帯の結び方だけ教えてもらって、撮影所への行き帰りに着用しているのだ。

「よく似合っているよ。夕霧太夫の衣裳とはまるで違うけど、君にはどちらの雰囲気も合っている」

車は料亭の駐車場に滑りこんだ。監督とふたりでこんなところに来るなんて、売れっ子の女優になったみたいだ。翔子の胸はとくとく鳴りはじめた。

お忍びの雰囲気で、こぢんまりした座敷に通される。しばらくすると料理が次々に運ばれてきて、ビールで乾杯した。

ぐいっとグラスを空けた監督を見て、翔子は少々緊張しながらビールを注ぎ足した。

「ここは花街《かがい》で芸子さんが楽しませてくれるところだが、君が演じる遊女は女を売るのが仕事だ」

真意は見せないまま、紀尾井監督が役のことに言及する。「今夜はそのあたりのニュアンスも、しっかり摑《つか》んでもらいたいと思っている」

「はい……」

つまりは役作りのために、ここに連れてこられたということなのだろう。かねてからその作品に憧れていた人と差し向かいで食事しているという思いが浮上し、翔子は少なからずときめいた。

才能豊かな大人の男性と、高級な場所でときを過ごしている。自分がどんどん、監督の持つ役のイメージに塗りかえられていくように思った。

彼は神経質な線の細い表情を見せながらも、翔子がきれいに盛りつけられた料理を口に運ぶさまを、楽しそうに眺めている。

「おいしそうに食べるね」

口に入れた食べ物を咀嚼するたびに、唇がいきいきと動くのをじっと見つめ、今度は日本酒の杯《さかずき》を傾けだした。

「食い意地が張っているんです、私。ご馳走《ちそう》をいただけるんなら、どこへでも連れていかれちゃうかもしれない」

　男の人に愛《め》でられるのは、心地よい。翔子は車に乗せられたときよりも格段に、監督に馴染みだした自分に目を見張った。

「食欲旺盛《おうせい》なのは、生命力が強い証拠だよ。そんなふてぶてしいところが、遊女役には必要だ」

　彼は真顔で言い、背後の襖《ふすま》を開けるよう翔子に指示した。

　言われたとおりにすると、六畳間ほどの和室に蒲団が敷かれていた。

　食事はすでにデザートのメロンまで出てしまったから、配膳係が来ることもないのだろうか？　紀尾井監督が立ちあがって、翔子を蒲団へといざなう。

「皆のいるところでは、こういう指導はできない。そのことはわかるね？」

「……はい」

「このあたりで、映画のイメージの深部に入ってもらわないといけないんでね」

「イメージの深部、ですか？」

「ふふっ」

　意味深な笑いを漏らした監督に、翔子はゾクッとした。いったい、自分に何を求めているんだろう？

「おいで。体を見せてごらん」

この人に言われると、不思議にいやらしい感じがしない。そんなふうに思いつつ、翔子は彼のそばににじり寄る。

次の瞬間、浴衣の襟《えり》の合わせめを、監督の手が開いた。艶かしい白さの乳房を、一思いに剝きだされる。

「あっ……」

いつもの自分とは違う。そんなふうにされただけで、何か妖艶なものが体内から迸《ほとばし》りだしたことに、翔子は驚いた。

「帯を解いて」

花魁道中を撮り終えた今では、自分は〈みのるた〉の登場人物のひとりに他ならない。紀尾井監督の素材として、新たにこね回され、形作られるのを待っている。

上目遣いに監督に目線を投げかけつつ、両手を後ろに回して柔《やわ》な帯を解いた。

続いて彼の手が黒地の浴衣を肩から引きおろすと、行灯《あんどん》の柔らかな灯りに美しい起伏をなしている裸身が浮かびあがる。

着物なので、下には何も着けていなかった。蒲団に横たえられ、生まれたままの姿かたちを、心ゆくまで眺められる。

「ふぅぅっ……はぁぁっ」

繊細な手指に乳房を辿《たど》られ、ツンと尖《とが》り立った乳首に中指の腹を乗せられた。くるくるっと、渦巻《うずま》きを描くように転がされる。

遊女の役柄上、今回の作品中には脱ぐシーンが何度か出てくるが、それは納得済みだった。審美眼《しんびがん》の高い芸術家に素材のように扱われることに、翔子は言いようのないエクスタシーを覚えた。

下腹部に密生した毛叢《むら》の奥底で、秘唇が甘く解け、蜜がツーッと溢れだす。色っぽい吐息を漏らして身をくねらせ、たちどころに夢見心地へと誘《いざな》われていく。

「白くて、きれいな肌だ。さぞかし映りもいいだろうよ」

「あんっ、そんなふうに触られたら……」

ひとしきり乳房を弄《いじ》られてから、肉の起伏に指を這《は》わされた。忙《せわ》しなく切迫していきながら、むせび泣くような喘ぎを漏らす。

これまでにも素の自分は絶え間なく男に追われ、乞《こ》われるままに肉体を差しだしてもきた。だが、こんなふうに淫らな領域に入りこんだことはないように思われる。

確かに、今夜という今夜は何かが違った。乗りうつった夕霧の霊の影響なのか、かつてないほど色っぽいものが内側から迸りだしてくる。

（はうぅーっ、すっごくいやらしいこと、されたくなってるぅ……）

いったいどうしてしまったのだろうかと、翔子は訝った。相手がかねてから憧れていた監督だから、ゾクゾクしているのか？　演技の必要上、指導されているのだとしても、特別な時間を共有しているという思いに、体の芯《しん》がわななきだす。

「うふふっ」という夕霧の笑いが、体の奥底で響きだしていた。さぁ、監督さんをものにしちゃいなさいよというふうにけしかけ、均整のとれた翔子の裸身をくねらせる。

「太夫というのは、ものすごく床上手《とこじょうず》だったんだそうだ。男が大枚はたいても相手にしたい女、普通の女と違って、男女の交わりをリードできる女だったらしい」

「はあぁっ、そうなんですか……あっ、あんっ」

下腹部まで下りてきた指先が、戯《たわむ》れるように恥毛に埋めこまれた。濃厚な縮れ毛を梳《す》くったかと思うと、そろりと秘裂に入りこんでくる。

「あぁっ、そこはダメェ！……堪忍、堪忍してぇ……」

知らない間に膨れあがっていた肉の芽を、繰りかえしノックされると、たまらなく淫靡な感覚が込みあげてきた。翔子は断続的な喘ぎを漏らして、妖しく火照《ほて》りだした女体をワナワナと捩《よじ》りあげた。

「遊郭ではいい声をあげる女も、むろん高値がついた。もっと、はしたない声を出して、よがってごらん」

「あぁっ、あんっ、ひぃぃぃーっ！」

すばやく服を脱ぎ捨てた紀尾井監督が、白い太腿をこじ開けて割りこんでくる。

両膝を立てられ、淫らにぬめった秘肉を大きく開かされた。翔子は羞恥《しゅうち》でいっぱいになって、なんとか局所を見られまいと抗《あらが》った。

「恥ずかしがらなくたっていい。とっても、感度のよさそうなプシィだよ」

「はぁぁっ、でもぉ……あっ、あんっ、見ちゃあいやぁっ！」

蜜液がまつわりついた肉襞や肉芽をさんざん目で犯してから、彼は新進女優を自分のものにするように、勃起した肉塊をヒクつく肉にあてがった。

肉の切っ先を秘裂に擦りつけるように往復させたかと思うと、おつゆをたっぷり吸って充血した肉襞の中央に、ヌチャッと食いこませてくる。

「あうぅっ、監督ぅ……あぁぁぁぁーっ！」

アーティストだけあって男としては繊細な印象にもかかわらず、彼の男性器官はボリュームがあった。翔子は衝撃のあまり、大きくのけ反《ぞ》った。

「翔子ちゃんのことを、僕は偏愛しているんだよ。へ、ん、あ、い……わかるかな？」

奥のほうまで塡《は》めこみ、上体を重ねてのしかかってきながら、監督が耳元でささやく。

そそり立ったものに、膣の天井をグイグイ押しあげられていた。翔子は余裕をなくして身を捩りながら、男の真意を計るように尋ねた。

「あうぅっ、でも、あやめさんは？……主役は彼女なんだから……紀尾井さんは、あの人のほうが大事でしょう？……あっ、あぁんっ」

「スポンサー側の意向もあって、今回の作品は有名女優を引っ張りださないことには作れない……君と彼女とでは、僕の思い入れ方はまるで違うよ」

「あぁんっ、そうなの？　翔子、嬉しいっ、はあぁぁっ……」

繰りかえし秘穴を擦《こす》りあげられるにつれて、感度が際立ってきた。旺盛な蜜を溢れさせて悶《もだ》えながら、紀尾井監督に偏愛される自分にナルシスティックに浸る。

監督は何度となく小さな耳たぶを嚙《か》み、耳の穴に熱い息を吹きこみながら、ピッチを上げて秘穴を抉《えぐ》りだした。

艶かしい足が、淫らに宙を泳ぐ。じきに男の背中に絡みつき、貪欲なまでに股間を密着させていく。

「ああっ、おかしくなるぅ！　あぁんっ、もうダメェッ、はあぁぁぁーっ！」

際どい感覚へと追いやられた翔子は、薄桃色に色づいた裸身をわななかせて、男が果てるのを感じた。

「うぅっ」

ピクピクと引きつれるペニスを逃すまいとするかのように、膣穴の筋肉がきつく締まりあがる。

偏愛という言葉に唆《そそのか》されたごとくに、果てた男の体に絡みつき、汗ばんだ肌をうねうねと擦りつける。

自分から遊離して、体が自在に男を求めだしたように感じて、翔子はあっと戦いた。言葉こそかけてこないものの、体内に入りこんだ夕霧の霊が、紀尾井監督を貪りだしている。

「そうだ。君は、男の欲望に通じた女のなかの女になる……どんどんどんどん、性戯に通じていくんだよ」

「あぁっ、はぁぁっ、気をやらせて、監督……翔子に気をやらせてぇ」

皮膚という皮膚を密着させながら、か細くも切ない声で訴える。希望どおり顔の上に跨《また》がらされると、ほつれた髪が肩周りに掛かるのもかまわず、受けとめようとしている唇に開ききった秘部を近づけていった。

「あぁ……ふぅぅっ、たまらないぃ……どうにかなっちゃいそうよぉ」

痴情を表すような言葉が自分の口から発せられるのにも、翔子は内心驚いた。陶酔している監督と目線を絡めつけながら、生温かくぬめった口に疼《うず》いている秘肉を着地させる。

「あぁーっ、ひっ、ひぃぃっ……おさねが感じるぅ、はあぁぁぁーっ！」

下方から伸びてきた舌に肉の突起をベロベロなぞられ、堪えようもない甘美感が秘部に湧きあがる。

「あぁ、はぁっ、ひぃぃっ！……」

自分でも、どうしてこんな破廉恥《はれんち》なことに没頭できるのかわからなかった。暗示にかかったように役のなかの遊女になりきって、はしたないまでに感度の際立った女陰を男の口に擦りつける。

「あんっ、いっちゃう、もうっ！……あぁぁぁーっ」

翔子は滑らかな内腿で監督の顔を挟みつけ、淫らな痙攣《けいれん》に身を任せた。

自分のなかでいつもの枠組みがぷっつん破れたみたいに、肉欲に対して貪欲になっている。尊敬する紀尾井の口腔に局部が埋没しているのを、ひどく卑猥《ひわい》だと思いながら、一方ではこの世のかぎりの艶かしさにまみれてみたいと夢見る。

熟した桃のようにおいしそうな二山の乳房が、薄明かりのなかでぷるぷる震えていた。ほどなくガクッと脱力した翔子が彼の頭上に落ちかかると、今度は足首を引っ張られて股間に乗せられる。

「上になってみなさい。まだまだ、よくなるよ」

蒲団の上に仰向けに寝た監督の器官は、ものの見事に復活して、天を衝《つ》くほど張りつめていた。

男性の上になったことなどないにもかかわらず、翔子はためらうことなく彼の指示を実行した。いつにない自らの果敢《かかん》さにびっくりしながら、ぬめった秘肉を勃起の先端にあてがう。息を呑んで、断続的に引きつれる秘穴に滑りこませていく。

「あっ、あぁんっ、はうぅぅーっ……」

世間に才能を認められている映画監督と下半身を繋げることは、女優としての将来を豊かなものにするだろう。そう確信しながら、わななく肉穴に大ぶりの男根を呑みこんだ。

「さぁ、腰を振ってよがってごらん」

股間を跳ねあげて、わななく子宮口に亀頭部を繰りかえしぶつけながら、紀尾井が笑った。舞いあがったような翔子の貌《かお》をさも嬉しそうに眺めやり、もっと狂えとばかりに秘穴を攪乱《かくらん》する。

「あぁっ、あんっ、そんなふうにしたら我慢できなくなっちゃうぅ……あうぅっ、くぅぅっ、あぁんっ！」

何もかも見られていると感じながらも、脂《あぶら》の乗った腰が淫らに弾みだす。

いったん局部を擦りだしてしまうと、ほんの少しも歯止めが利かなくなった。しとどに溢れでた淫水がビチャビチャ騒ぐのにもかまわず、翔子は女体をはしたなく上下させつづけた。

背筋が艶かしくしない、張りつめた乳房が淫らに揺れる。目の縁が、血走ったように色づいてくる。

(あぁっ、もっと欲しい……どこまでも際限なく欲しいぃ……)

のたうつ秘穴が引きつれそうになるのを感じながら、翔子はそんな思いに駆りたてられた。あたかも夕霧の霊と同化したように行為に入り込んでいき、じきに感極まった声をあげてのけ反った。

「あうぅぅーっ、いくぅっ！　くうぅぅっ、翔子、いっちゃいますっ！」

色白の肌が薄桃色に色づき、この世のものとは思えない女体の艶かしさを露わにする。

「ふぅぅっ、まだまだ……とことん乱れるんだ」

紀尾井監督が、際限なく追いつめるように唆《そそのか》した。

「あぁっ、くうぅっ、いいっ……おいしすぎるぅ」

秘奥から湧出してくる蜜の甘美さに酔いながら、色っぽく実った腰を今度はゆるゆるとこれ回す。翔子はこれまでの自分とは別人のような貪欲さで、監督の砲身と交わりつづけた。

4

撮影は進み、江戸時代の遊郭シーンはすでに撮り終えた。今は、戦後の私娼街に生きるお夕のシークエンスの真っただ中だ。

紀尾井監督に偏愛されているという自負に支えられて、翔子は人が変わったような大胆さでエロティックな演技に体当たりしていた。男優との絡みも臆することなく、何かに取りつかれたように愛欲を体現する女になっている。

いったん遊女の霊に取りつかれた女体は、男に対して歯止めが掛からなくなっていた。あたかも二百年余の眠りから覚めた夕霧が、男の生き血を求めて、生身の持ち主である翔子に狂おしく催促してくるかのように。

照明スタッフの島木浩介《しまきこうすけ》は、撮影監督の辻の下で働いている青年で、年は翔子と同じくらいだった。一ヶ月ほどともに撮影をしてきて、翔子は自分を見る彼の目が、どうしようもなく熱っぽくなったのに気づいている。

これまでの彼女ならば、男が追ってくるのを鬱陶《うっとう》しく思うことも多かったが、この頃はそうでもない。撮影の待ち時間にうっとりした目で自分を見る浩介を、色っぽく見つめかえし、遊女の霊に唆されたような目配せを送る。

男をその気にするのはわけはないという思いが、以前にも増して肉の狭間に刻印されていた。一足先に皆が飲みにいったのをいいことに、示しあわせたようにひとり残って機材を片付けている浩介を、控え室に招き入れる。

「うふっ、やっとふたりきりになれたわね」

衣裳を脱ぎ、すでに私服である浅黄色のノースリーブワンピースに着替えた翔子は、ボーッとした目で自分を見つめる男に向けて、可憐な花のように微笑みかけた。

このところ役の上で身に着けるのは、もののない時代に一般的だったであろう質素な衣服だ。純粋な心の女が、生きるために身売りするという哀しい設定だった。

役と混同して、清らかだった女が無残なまでに色にまみれさせられているとでも錯覚しているのだろうか？　浩介はガクガクと震える口で、翔子の唇を一思いに塞《ふさ》いでくる。

「むうぅぅーっ……んんんんー」

舌を割りこまれ、口中を掻きみだされたとたん、翔子はたちどころに艶かしさを増した。華奢《きゃしゃ》な指で男の分身をまさぐりながら、相手の口を貪る。

「しょ、翔子ちゃんっ！」

ジーンズの下でペニスが激しく勃起しているのを感じると、演技さながら淫らな顔つきになって、するすると体を下ろしていく。

紀尾井監督にはさらに込み入った仕方で愛玩されていたが、この浩介は華麗な才能も実績も持たずに下働きの日々を送っている若者だ。そんな彼に娼婦《しょうふ》役の気持ちのまま、愛着を覚えていた。

細い指でベルトの金具を外し、ジッパーを下ろす。テントのように前が張りつめたチェックのトランクスが、ジーンズの前開きに現れた。

「あぁ、はぁぁっ、早くあなたに会いたい……」

呆然《ぼうぜん》としている男を意に介することなく、トランクスの布地越しに肉の隆起を撫でまわす。じきに、内から込みあげる衝動に急かされるようにしてトランクスを押しさげ、否応《いやおう》なく漲《みなぎ》った勃起を取りだした。

（ふぅぅっ、おいしそうっ……こんなに威勢がいいわ）

たくましくそそり立った男根を目にすれば、この頃の翔子は口中に自ずと生唾が溜まってしまう。牡の生命力の象徴のように張りつめた肉塊に、無意識のうちに食指が動く。

浩介が立ちつくしているのをいいことに、これっぽっちも柔なところがなく硬直した肉棒の先端部に、艶っぽく唇を寄せた。

コリコリした亀頭部が、早くも透明な体液で濡れていた。さも満足そうにそのぬめりを舌で掬《すく》いとってから、欲情に駆られたまなざしを男に投げかける。酔ったような目で色っぽく見つめながら、今度は男のものを唇の中央に吸いこんだ。

「ぐぅぅ、むぐぐぐぅぅ……」

喉奥まで呑みこむと、勃起しきった男根は今にも破裂しそうになった。

男を興奮させるのは性に合っている。いつ頃からそんなふうになったのかは知らないけれど、この世に生まれるずっと前から、そういうことを生業《なりわい》にしてきた気がする。

硬く張りつめた砲身に沿って、翔子は唇をゆっくり抜きさった。上目遣いで男の表情を見やりつつ、艶やかなまでに露出した先端の肉を、舌でねちっこく舐めまわす。

「もう待てないよ、そんなふうにしたら！」

浩介が叫んだと思うと、翔子は床の上に押し倒されていた。牡の衝動そのままに組み敷かれ、ワンピースの裾から手を入れられる。

「はあっ、あうぅっ……」

下腹部にぴっちり添ったパンティを剝ぎとられ、速攻で勃起を埋めこまれた。

「あぁぁぁぁーっ、すごいぃ！」

紀尾井監督の怒りの表情が浮かんだが、間男《まおとこ》は遊女の命だと教えたのは、他ならぬ彼だった。金銭の発生する仕事とは別に逢う恋人を間男といって、彼との絡みこそ遊女を真にいきいきした女にするのだという。

「あっ、あぁんっ、いいっ……」

この頃の翔子は男根を埋めこまれると、腰が自ずと動きだしてしまう。とろとろの粘膜を擦りつけるように、男に合わせて腰を振りたてる。

このままスパートしたら、浩介はすぐに発射してしまうだろう。そう感じると、さらにバックから突き入れられたくなった。

「お願い、バックから……バックからもしてぇ、ああっ」

「よーし」

男が体の上から去ると、見せつけるように床に四肢を突く。尻を高々と掲げ、愛らしい外見にそぐわない破廉恥なポーズをとった。

背後に迫った青年が、牡の衝動そのままに性急に秘穴を貫いてくる。

「ああぁうぅうーっ、たまらないぃっ！」

まろやかなヒップがブルブル震えたと思うと、破廉恥なまでに振れて勃起を貪りだした。

短い嗚咽《おえつ》とともに、浩介が精を放つ。

膣壁でキューッと男根を締めあげながら、翔子は妖しいまでに美しい顔を歪《ゆが》めて、恍惚《こうこつ》へと駆けのぼっていった。

浩介とのことに気づいた紀尾井監督は、些細なことを理由に彼を撮影現場から追放してしまった。翔子の態度に変わりはなかったが、そわそわと舞いあがった浩介の様子は、ふたりの仲を端的に物語っていた。

「君は僕のものになったのに、あんな奴と遊んだんだね。ダメだよ、お仕置きをするしかないな」

自室に翔子を伴った監督は、そんなふうにささやきかけ、華奢な手首を背後で縛りあげてしまった。

翔子が恋人と同棲していることは、この人には知られていない。実母の住まい近くの賃貸マンションに住んでいるということのみを、伝えてあった。

翔子は紀尾井の狂気に怯《おび》えたが、奇才と呼ばれる男をそれほどまでにおかしくしているという満足感が、魂の奥底から込みあげてもいた。

「はぁぁー、いやいや、おさねはもう弄らないでぇ……」

両手の自由を奪われたあげく、太腿を大きく開かれた。肉芽の先端に剝きだした小さな肉玉に、ピンクローターを容赦《ようしゃ》なくあてがわれる。

「ひぃぃっ、ひっ、あぁーっ、やんっ！」

とろとろの淫水が、秘口から迸りだしてきた。ヌメヌメした舌をツーッと秘穴に挿しこまれ、執拗におつゆを啜《すす》りあげられる。

「ひいぃぃぃーっ、翔子、いくぅっ！　あぁぁぁーっ！」

ローターを巧妙に操られると、その手の器具に免疫《めんえき》のない秘部は、やすやすと限界まで至らされてしまう。

ピクンピクンと体を痙攣させて、翔子は海老《えび》反りになった。虚《うつ》ろな目をさまよわせながら、血管が浮きあがるほど漲った勃起を、唇にめり込まされる。

「え、こんなこともしてやったのか？　あんな能のない男を、口でいかせてやったのか？」

浩介と張りあおうとでもいうのか、彼の男根は棍棒さながらに漲っている。男の嫉妬《しっと》はおぞましい。剛直と化した肉棒で喉奥を繰りかえし突きあげながら、苦しげに歪む翔子の美貌を憎悪に満ちた目で睨《にら》みつけた。

縛られた状態で思いを遂げられるのは、犯されるみたいでことのほか興奮した。翔子は極限まで下肢を割り広げられ、秘穴が引きつれる動きのままに、際限なく絶頂に至らされていった。

単なる偶然とは思えないほど不吉なのは、浩介がほどなく事故死したことだ。バイクで夜道を走行中にスリップし、対向車をかわしきれずに正面衝突した。その日のうちに、搬《はん》送《そう》された病院で死亡してしまった。

雷雨の晩だったから、雷の閃光《せんこう》に目が眩《くら》み、濡れた道路に滑ってハンドルを取られたのだろう。それが、警察の出した見解だった。

だが、翔子には紀尾井監督によって撮影現場から遠ざけられた彼が、自分に逢おうとして夜道を走っていたのではないかという気がしてならない。

奇《く》しくも、翔子の自宅方面へと向かう道だった。もしかしたらすべてが監督の策略で、翔子に逢えると思ってバイクに乗った彼は、事故に見せかけられて殺されてしまったのかもしれない。そんな憶測を立てたくなるほど、監督の嫉妬は常軌を逸していた。

(おかしく……おかしくなるぅ)

緋色の唇が湖から現われて、叫び声をあげる。口角から滴った血はみるみる水面を染めて、生々しい血の海となって押し寄せてくる……。

「ショコ……ショコたん、どうした?」

またしても、激しくうなされていたらしい。真夜中に同棲相手の英次に揺り起こされた翔子は、恋人の胸にしがみついて泣きじゃくった。

「大丈夫? きっと、映画の仕事で疲れているんだな」

英次は翔子が紀尾井監督のオーディションに通って、重要な役を演じているということを喜んでくれていた。

女優の恋人と暮らしていることが、ちょっとした自慢なのだ。当の監督とすでに深い仲になっているとは思っていない。撮影の現場は大勢の人がいるし、どちらかといえば体力勝負の体育会系なのだと、翔子は彼に説明していた。

それに、このところ英次とのセックスは、以前とは比べ物にならないほど盛りあがっていた。遊女役のせいで欲求が強まっているというふうに話したことはない。大きな仕事に取り組んでいるため、自分に甘える気持ちが強まっているのだと、彼は思っているようだ。

「そうね、あなたの言うとおりよ。私、役を演じるために、ずっと神経を研ぎ澄ませてきたから……」

自分が寝汗をびっしょり掻いているのに気づき、翔子は身震いした。狂気じみて男を求めつづけることによって、何かが壊れてしまったのか？　紀尾井監督が怖い。直接手を下さなかったにしても、浩介を呪い殺したのは間違いないように思える。映画のオーディションを受ける前からとはいえ、英次と一緒に暮らしていることを知ったら、ただでは済まないのではないか？

それればかりか自分だって、もしかしたら独占欲の強いあの人に殺されるかもしれない。そう感じれば、底知れない恐怖とともに、スリリングな快感が背筋を駆けあがっていく。

交接中に首を絞められると、女の部分も強く締まると聞いたことがあった。監督は、している最中に自分を殺すかもしれない。フィルムのなかの遊女を完全に独占しようとして、交わりながら手を掛けてくる……。

もし、そんなことが起これば女優冥利《みょうり》に尽きるなどと思いだしたのは、翔子の体に憑《つ》いた夕霧の霊のせいなのか？

来週にも撮影が終了するというある夜、紀尾井監督が車で送ってきた。

「君のところにお邪魔しちゃあいけないかな？」

試すように訊かれ、翔子は「母が来るといけませんから」と際どいところでかわした。

「今日はダメ。母には、ちゃんとした機会に紹介させていただきます」

「そうか。残念だが、今夜はここで引き下がるか」

彼は車を降りようとした翔子を抱きしめ、唇を深々と塞ぎたてた。

「むうぅっ、うぅぅんっ、むぅんんんーっ……」

魂の底まで奪いとろうとするかのような、激しく情念的な接吻だ。翔子はわななきながら舌を貪られ、唾液を送りこまれた。

蛇のように絡みついてくる舌から、やっとのことで逃れ、微細に震える瞼《まぶた》をそっと開ける。その瞬間、物《もの》の怪《け》に取りつかれたようなふたりのキスシーンを、車の窓ガラスに張りついて覗きこんでいたらしい英次の常軌《じょうき》を逸《いっ》した表情が、目の焦点に飛びこんできた。

「キャアアアーッ！」

翔子は甲高い悲鳴をあげて、助手席のドアから逃げだした。英次が襲いかかってくる恐怖にわななくとともに、彼が監督と対面してしまったことの重大さに震えあがる。

どうしたらいいのだろう？　体内で暴走する夕霧の霊が、関わる者すべてを破滅に追いやろうとして、ふたりがばったり出会うように計らったのか？

とにかく、一刻も早くここから去らねばならない。そうしなければ何かが起こってしまうと、急《せ》きたてられた。

紀尾井監督も何事かを叫んで、車の外に出たようだ。英次と揉みあっているのが聞こえてきた。

怖い。逃げなければ……。逃げて、誰かの助けを呼ぼう。

でも、どこへ？　いったい、どこへ逃げればいいのだろう？

懸命にひた走り、気づいたときには母親のマンションに辿りついていた。エレベーターで十三階へと上がり、やみくもにドアチャイムを鳴らしつづける。

「ママ、助けて……あたし、もう」

インターホンに向かって声を絞りだすと、なかにいた母が飛びだしてきた。

「どうしたの！　翔子、翔子」

その場に崩《くず》れおちた体を支えられ、翔子は部屋に上がらされた。

恐怖は伝染する。離婚歴のある母親は心の均衡を失いやすく、娘が追いつめられているのを見ただけで、早くもパニックになってしまう。

「ヒデと監督が！……もう、何かが起きてしまったかもしれない」

「大丈夫、ママはここにいる。あなたは何も考えちゃあダメ。もう少ししたらママが見てきてあげるから、ゆっくり休みなさい」

さらさらした翔子の髪を撫で、安心させようと母は繰りかえすが、その手も言葉も激しく動揺し、うち震えている。

「怖い……どうにかなってしまいそう」

「ね、何か飲むものを持ってくるわ。ここで横になっていてね」

母が手を握りしめ、語りかけるように言った。無理やり落ちつこうとしているのが伝わってくる。その昔、男性関係でメチャメチャになった母は、不安定な精神状態に陥って男から逃げ、リストカットを繰りかえした。

そんなことがあったから、子供たちのそばにいたくても一緒に暮らすことができなくなってしまったのだ。

「ママ、早く来てね」

ソファに寝かされた翔子は、幼児のように呼びかける。

その周辺に、魔が迫ってくる。

母がキッチンへ行ってしまい、ひとりきりになると、何かしらそわそわして飛び起きた。

英次と監督が迫ってくる！　それとも、ふたりの男は自分を巡って、血腥《ちなまぐさ》く争っているかもしれない。

（どうしよう！　アアッ……）

小学生の翔子は、あるときから母と離れ離れになった。父や兄、祖父母はいたが、母は父以外の男と込み入った関係になって、どこかへ行ってしまった。そんな経緯を大人たちの話から嗅ぎとっていたものの、決して誰にも話しはしなかった。

（ママ……ママ）

母は家の外で、自分や兄の様子を窺っているのではないか？　子供時代の精神状態に呼び戻された翔子は、そんな気がして網戸を開け、ベランダへ出た。

いない。

きっと、自分が出てきたせいで物陰に隠れてしまったのだろう。いなくなった母を捜すため、障害物を乗り越えようとする。

「キャアアアアーッ！」

ベランダの手すりを越えて、十三階から飛び降りそうになっている我が子を目にして、二十年余を経た現在の母が駆け寄ってきた。

その瞬間、飛び降りたつもりの翔子は、危うく母の手に手首を摑まれて、この世に繋ぎとめられた。しかし、まさしくひたひたと迫りくる夜のただなかで、ベランダの外に宙ぶらりんになってしまう。

母の手は汗ばみ、辛くも摑んだ娘の手首を今にも滑らせてしまいそうだった。

「誰か！　誰か助けてぇーっ！」

闇をつんざくような悲鳴が、母の口からあがった。

一寸先は死。崖っぷちで卒倒しそうになり、際どいところに踏みとどまっている。もう尋常ではない。ずるっ、ずるっと手首が滑っていく……。


翔子の肉体が落下するのを食いとめたのは、折しも帰ってきた母の夫だった。

引きあげられたとき、翔子は失神していた。母はパニックのなかでも娘の手を離さなかったが、同じく気を失って倒れこんだ。

数日後、錯乱状態が収まって気の抜けたようになった翔子は、母に連れられて、とある霊能者のもとを訪ねた。

初老の霊能者の前に座ってしばらくすると、ただならぬ気配とともに、哀しい女の霊が憑いていると告げられた。

艶やかできれいな女だったが、零落《れいらく》して以来淫情にまみれ、成仏できずにさまよっている。そんな女の霊に取りつかれているのだ、と。

「それは夕霧です。私は夕霧を演じていたんです」

翔子はワナワナと目を見張って、打ち明けた。

翔子の母方の祖母も、そのような女だった。二年前に七十三歳で他界したが、最期は十五歳年下の情夫に看取《みと》られて果てたのだった。

彼女は金沢の権力者の妾として、翔子の母を産んだ。その後小料理屋をしていたが、母が四歳のとき他の男と駆け落ちをした。

幼時に置き去りにされたせいで、翔子の母は深い情緒不安を抱えて成長した。一週間ほどで発見されたとはいうものの、祖母は湖で男と情死することを企てたのだった。

霊能者は母と翔子を祭壇の前に並べて、除霊の祈禱《きとう》を行なった。二代の女の目から、涙がとめどもなく零《こぼ》れ落ちてくる。

紀尾井監督の〈みのるた〉は、その秋に公開された。飯沼翔子が演じたフィルム中の遊女は、その迫真の演技で多くの観客の目を惹きつけた。

むじならねか

橘 真児

著者・橘《たちばな》 真児《しんじ》

一九六四年、新潟県生まれ。九六年『ロリータ粘液検査』でデビュー。教員と作家の二足の草鞋を履きながら執筆を続け、〇三年専業に。学園を舞台にした官能ものを中心に発表。最新作は『愛しの管理人サマ』。

一

早春――。弥生《やよい》の夜は空気が冷たく、踏みしめる道もじっとりと濡《ぬ》れている。急な山道を早足で下りながら、内村康輝《うちむらやすてる》は、ふと懐かしい匂いを嗅いだ気がした。この道を歩くのはほぼ十年ぶりで、雪解け後の土になりかけた枯れ葉の匂いに、郷愁《きょうしゅう》を覚えたのかもしれない。

空には星が輝き、上弦《じょうげん》の月も照っている。だが、鬱蒼《うっそう》とした木々に囲まれた道は、ひたすら暗い。懐中電灯の光ですら、闇《やみ》に溶け込んでしまいそうだ。

（またこの道を歩くことになるなんて……）

なかなか目が慣れない暗さに、苛立《いらだ》ちに似た怯《おび》えを感じる。

康輝は高校を卒業して東京の大学に進み、就職も東京だった。そのまま都会で生活するつもりであったが、還暦を過ぎた父親の体調がかんばしくないこともあり、三十路《みそじ》手前で故郷にUターンしたのである。

本音を言えば、戻りたくはなかった。便利な都市生活に慣れた身には田舎《いなか》の、まして本土との往来に時間と手間がかかる離島の暮らしは、不便なことこの上なかったのだ。

新潟県佐渡《さど》市栃倉《とちくら》――。日本海に浮かぶ離島最大の島・佐渡島は、工の字を斜めにした、あるいは稲妻《いなずま》の略画のようなかたちをしている。要は平行するふたつの長い山地が、中央の平野で繋がっているのだが、その本州側の山地の中ほどに栃倉地区はある。康輝の生まれ育ったところだ。

地元の小学校の校歌で「静かなり山あいの」と歌われているとおり、山間《さんかん》を縫《ぬ》って川と県道が走り、それを中心に集落が点在する。田んぼは狭い平地だけでなく、山の斜面にまで作られている。牧歌的というよりは、どこか閉塞《へいそく》的な侘《わび》しさを感じさせるムラだ。

本州に移り住み、あちこちを旅行する中で、康輝は気づいたことがある。訪れた先で、彼は佐渡島と似た風景をいくつも目にした。東北地方の海岸線を車で走っているときなど、故郷の島を走っているような錯覚すら覚えた。

佐渡島は、日本を凝縮した島だ。山があり、海があり、街がある。この国の懐かしい景色が至る所にある。佐渡島を一言で表せといわれれば、迷いもなくリトルニッポンと答えるだろう。

ただ、島だけあってやはり狭い。同じ田舎でも、本州とは景色の広がりが全く違う。

東京に向かう新幹線の窓からは、街並みや田園、山あいの風景など様々見ることができるが、そのどれもが巨大に映る。山間部でも、山の向こうにまた高い山が聳《そび》えているのに、康輝は圧倒されるものを感じた。

彼の実家は山の中腹にある。一番近い家を訪れるには急な山道をふもとまで下るか、車の通れる道を逆方向にだいぶ登るかしなければならない。文字どおりに人里離れたそこは、窓を開ければ向かいの山が、声が届きそうな距離にある。景色の広がりはない。箱庭のように感じる。そういう閉ざされた狭さは、広い世界を知った身には息苦しい。帰りたくなかった理由のひとつでもある。

とは言え、栃倉地区そのものは、わりあいに広い。地区の端から端まで、県道の長さで十キロ近くある。

かつては三百軒以上も家があったと聞く。だが、今は百に満たない。若い世代は町場に家を建てて移り住み、残っている大半は年寄りだ。

それでも、ひとと暮らしはこの地に在り続ける。互いの家を屋号で呼び合い、五人組という古い制度が共同体を維持するために残っている地だから、昔からの風習も途切れることなく伝わっている。

今は夜の七時半近く。康輝が向かっている先は、ふもとにある神社だ。四月の半ばに祭があり、そのときに地区を廻る神事芸能、鬼太鼓《おにだいこ》の練習が行われるのである。

鬼太鼓――太鼓に合わせて鬼が舞う。あるいは獅子《しし》が絡《から》んだり、翁《おきな》が豆をまくところもあるこの伝統芸能は、佐渡全域に伝わっている。地区が変われば太鼓のリズムも舞も異なり、その種類は島内で百組以上あると言われる。

栃倉地区の鬼太鼓は、太鼓に笛がつき、鬼はふたり一組で舞う。着物に袴の和装で、背中には長い数本の布（たすき）。舞うことで鬼面につけられた長い髪と、たすきがひらりと跳ね躍《おど》る。

祭の日は早朝から、四組の鬼太鼓が分担して各家庭を廻る。それぞれの家の厄《やく》を払い、最後に神社に集まって舞を奉納するのだ。

康輝は小学生のとき、郷土芸能の学習でこの鬼太鼓を習い、子供鬼太鼓として文化祭などで披露《ひろう》した。もちろん祭のときにも、大人たちが演じる勇壮な鬼の舞を何度も見ている。そうして慣れ親しんだ祭の風物を、今度は自分が受け継ぐことになったわけである。地元の若者として。

三十路手前で若者というのも無理のある話で、確かにかつては二十代半《なか》ばぐらいまでが、鬼太鼓を演じる年齢だったそうだ。ところが、若い世代が少なくなった現在では、四十代にまで若者の範囲が広がっていた。地元を離れて町場に移ったものも呼び集め、それでどうにかやっていけるというのが現状だ。家も少なくなり、四組ある鬼の廻りも三組か二組に減らしたほうがいいのではないかという提案もある。

高齢化に過疎《かそ》化、有形無形を問わず文化を継承することが困難。この国の多くの地方が、同じ問題に直面している。

だが、不本意ながらも故郷に戻った以上、少しでも地元のためになるべきだろう。康輝は鬼太鼓に誘われたとき、ためらうことなく受諾した。一ヶ月半後の祭を目指し、練習は一日置きに夜の七時半から行われる。

康輝が歩いている山道は、小学校から高校まで通った言わば通学路だ。いっそ登山道と呼んでもいいそこは曲がりくねった急坂で、道幅は一メートルもない。県道まで下るのに五分とかからないが、逆に登るときには二十分以上かかる。今は通る人間も滅多におらず、年に一回地元住民による道普請《みちぶしん》があるだけだ。

道には雪解けの名残《なごり》で、枯れ葉や杉葉が積もっている。足を滑《すべ》らせないよう注意せねばならず、子供の頃のように駆《か》け下ることはできない。土手から崩《くず》れ落ちた石も転がっており、躓《つまず》かないようよけて足を進める。久しぶりの山道に太腿《ふともも》の筋肉が張り、夜気は刺すほどに冷たいのに全身が汗ばむ。懐中電灯でこげ茶色の地面を照らしていると、枯れ葉のあいだからところどころ緑色の草が覗《のぞ》いており、春の訪れも実感する。

康輝の住んでいるあたりの山を、地元の人間は「狸山《たぬきやま》」と呼んでいた。こうして歩くと、まさに獣が住むに相応《ふさわ》しい場所であると実感する。実際、人間よりも狸や野兎《うさぎ》、鼬《いたち》のほうが多くいるだろう。

（こんなに暗いと、ムジナに化かされそうだよな）

佐渡では狸はムジナ（貉）とも呼ばれる。そして、ムジナが人間を化かす伝説は、島内の至る所に伝わっていた。

転ばして魚を盗《と》る、夜道で迷わせるといった悪戯《いたずら》から、提灯《ちょうちん》の明かりや行列を見せたり、人間に取り憑《つ》いたりという怪談じみたものもある。他に、人間に金や物を貸したとか、助けられた恩返しをした話も。

ポピュラーなのは、そういう獣が化かす伝説にありがちな、人間に成りすまして騙《だま》すものだろう。使いを送って医者を住処《すみか》に呼び、怪我《けが》の治療をさせた有名な話がある。女に化けて大工と寝たムジナもいたらしい。

そういう話を、康輝も幼い頃によく聞かされた。祖母などは、亡くなった祖父がムジナに化かされて、夜の道で迷った話をまことしやかに語ってくれた。祖父はどうにか家に帰り着いたものの、中には同じように迷わされて川に落ち、死んでしまった者もいたそうだ。

そういう伝承を、いい大人になった現在、もちろん信じているわけではない。子供時代こそ、冬場など早くに暗くなる道を、ムジナに化かされるのではないかと怯えつつ早足で帰った。今となっては、なんて純粋だったのだろうと苦笑するばかりだ。

それでも、こうして静まり返った暗い道をひとりで歩いていると、何か出るのではないかと不安を覚える。こんなところに他の人間がいるはずもなく、出るとすればそれこそムジナぐらいのものだろう。

（この道で爺《じい》さんも化かされたんだよな）

ふもとで酒を呑《の》んだ帰り道、この急坂を登る途中で、同じところをぐるぐる回っていたという。わき道もない、歩き慣れた一本道にもかかわらず。

単に酔っぱらっていたからだろうと、現実的な解釈はいくらでもできる。本で読んだムジナの言い伝えでも、酒を呑んだあとに化かされたというものがけっこうあった。

となれば、化かされたというのは、酔った上での失態をムジナの所為《せい》にしただけではあるまいか。それに、都会にはない人智の及ばぬ無気味さが、こういうところにはある。出るかもしれないと思っていれば、まったく関係のないものを見誤ることもあろう。正体見たり枯れ尾花という具合に。

バサッ！

ふいに目の前に落ちてきたものがあり、康輝は心臓が止まりそうなほど仰天《ぎょうてん》した。バクバクと不穏に高鳴る心音が耳にまで届く。

焦《あせ》って地面を照らせば、そこには五十センチほどの蛇《へび》がとぐろを巻いていた。木の上にいたものが落ちたらしい。

蛇は逃げようともせず、頭をもたげてこちらをじっと見ている。冬眠から覚めたてで、寝ぼけているようにも感じられた。

（蝮《まむし》じゃないよな……）

毒さえなければ、この程度の蛇など怖くはない。だが、蹴飛ばそうにも足がすくみ、少しも前に出てくれなかった。少しでも動いたら飛びかかられそうで、夜の闇がいらぬ恐怖を増幅させていた。

一分ほども睨《にら》み合いが続いたのではないか。蛇はようやく我に返ったというふうに頭の向きを変え、土手のほうをするすると上っていった。

（……脅《おど》かしやがって）

いい年をして蛇を怖がったのが気恥ずかしくなり、康輝はふんと鼻を鳴らすと、足早に急坂を下っていった。

二

鬼太鼓の練習は二時間程度で終わったものの、その後に慰労《いろう》の酒宴があった。

「飲むのも練習だしな」

同級生だったヨシカズが、酒焼けの赤ら顔で言った。鬼太鼓で各戸を廻れば、酒やご馳《ち》走《そう》を振る舞われる。飲み食いするのも若者たちの大切な役割だ。

練習後には、毎回酒宴がある。そうと聞いていたから、康輝は徒歩で来たのだ。町場から参加している者たちは、相乗りで帰るとのこと。かつては飲んで運転する剛の者もいたそうだが、取締まりが厳しい昨今ではそうもいかない。

「ゲンジロウんとこ忌《い》まれたんだろ？」

「おお。ばあちゃん死んだって。マサシは今年だちかんって言うとったわ」

「ジジババしかおらんし、しょうがねえわさ。毎年どっか忌まれとるし」

「だっけえ、鬼やるモンがおらんなると困るのんさ。康輝が入ってくれて助かったわ」

同級生は別にして、ほとんどが小学校以来となる懐かしい面々だ。神社の拝殿《はいでん》内で石油ストーブを囲んで車座になり、わずかなつまみでも酒が進む。方言の飛び交う語らいに、康輝は故郷に戻ったことを実感した。

帰路についたのは、午前零《れい》時近くになってからだった。

ビールと日本酒をしこたま飲んだ康輝は、ほろ酔いどころではなく酔っていた。それでも、いっそう冷え込んだ夜道を歩くうちに、頭の霞《かすみ》が晴れてくる。合わせて、疲労も自覚するようになった。

(車で来たほうがよかったかな……)

三分も歩かないうちに弱音が出る。急坂は下りは楽だが、上りはかなりつらい。すぐに腿がパンパンになる。練習でも酷使《こくし》した脚がふらつき、膝《ひざ》が笑う。

酔っていなければ、車のほうがもちろん楽だ。ただ、車道は家から峠《とうげ》のほうに一度あがり、また下らねばならない。かなり遠まわりになる。酒を飲むからばかりでもなく、ふもとまでおりるだけなのにガソリンを無駄にすることもなかろうと、今日は歩いたのだ。しかし、次からは飲めなくてもいいから車にしようかと考える。

いや、歩くにしたところで、たとえ遠まわりで時間が三倍かかっても、車道のほうがいいのではないか。向こうはこんなに急坂ではないし、全部ではないが舗装《ほそう》もされている。木も繁っておらず何ヶ所か街灯もあるから、星明かりがあれば懐中電灯がなくても歩けるだろう。

だが、今さら引き返すのは億劫《おっくう》だ。諦めて坂を歩き続ける。

「行きはよいよい、帰りは酔い酔い――」

自虐《じぎゃく》的に小声で歌ってみても、疲労が著しく、ちっとも愉快な気分にならない。こんなところを毎日毎日よく通っていたものだと、子供時代の自分を褒めてやりたくなった。

とは言え、通い慣れた道もこんな夜中に歩くのは初めてだ。年月を隔てたせいばかりでもなく、闇に浮かぶ木々の影が違ったものに見える。誰も歩かなくなったせいか路面が弛《ゆる》み、土が雨に流されて一部が抉《えぐ》れていた。行きは急ぎ足だったから、そこまでは気づかなかった。

　行程の三分の一も進まないうちに息が切れる。ただ坂が急だからというだけではない。足場が悪くて滑りやすいのと、自分がどこにいるのか見失いそうになる闇のせいだ。

　いつの間にか曇《くも》ったらしく、見あげても星のまたたきはどこにもない。月も沈んでしまったようだ。疲れで瞳孔《どうこう》が狭まったのか、懐中電灯の明かりが徐々に弱くなる錯覚をおぼえる。新しい電池に入れ替えたばかりだから、煌々《こうこう》と照らしているはずなのに。

　坂をあがるにつれ、静けさが募《つの》る。この時間では、ふもとの県道を走る車などない。踏みしめられる枯れ葉や杉葉の音と、自身の荒い息づかいしか聞こえない。

　ザア――。

いきなり風が吹いて木の枝が揺れた。妙になま暖かいものが頰《ほお》を撫《な》で、康輝はドキッとして足を止めた。

(なんだ⁉)

ただの空気の流れではなく、もっと存在のはっきりしたものが自分をすり抜けたように感じられたのだ。それに、血なまぐさい匂いも——。

幽霊だのお化けだの、超常的なものなど信じていないが、それでも闇が怖くないわけではない。

気のせいか、懐中電灯の明かりがますます細く、暗くなってきた気がする。康輝は足を速め、ゼイゼイと喉《のど》を鳴らしながらひたすら歩いた。

(あれ?)

そのことに気がついたのは、だいぶ経ってからであった。

(ここ、さっきも通らなかったか?)

もう半分以上登ったと思っていたのに、自分の居る場所がそれよりずっと手前だったものだから、康輝は首をかしげた。ここは一度通り過ぎたはずなのだが。

「酔ってるのかな……」

つぶやいて、足を進める。だが、疲れが限界を超え、思うように膝があがらない。立ち止まって休みたいという欲求が、前に進もうとする意識の邪魔をする。休めばたしかに疲れは癒《い》える。けれど、再び歩き出したときの倦怠《けんたい》感は、休む前以上のものとなる。結局、またずるずると休むことになってしまうのだ。そうして時間ばかりが浪費されることを、康輝は経験として知っていた。

（とにかく早く帰らなくっちゃ……）

汗ばんだからだが冷えてきた。歩みがのろくなり、運動による発熱が減っているらしい。前をはだけていたジャンパーのファスナーをあげ、康輝は自身の足を叱《しか》りつけながら前に動かした。

だが、家は少しも近くならない。

（これって、ムジナに化かされてるんじゃないのか？）

そのことに思い至ったのは、寒さで全身がガタガタと震《ふる》えだしてからだ。懐中電灯を持つ手もかじかみ、どうかすると落としそうになる。

漠然《ばくぜん》とした心細さではなく、康輝ははっきりした恐怖を感じていた。かつての祖父のように、自分もムジナに化かされて、同じところをぐるぐる回っているのではないか。

（いや、ムジナが化かすなんて、そもそもあり得ないんだから。酔って判断力を失っているだけだ）

迷信だと己に言い聞かせつつも、康輝は必死で思い出そうとした。ムジナに化かされたときに唱える呪文《じゅもん》を。

『康ちゃんもおぼえとけっちゃ。これを三回となえりゃあ、ムジナはそっからおらんなってしまうのんさ』

子供の頃、暗くなった道を帰るときに、祖母から教わった呪文を口にしたことがある。騙される前にムジナを追い払おうと、当時はけっこう真剣だった。

けれど、記憶の底に沈みこんだ呪文は、まったく浮かんでこなかった。おそらく、お経のように意味のわからない言葉の羅列《られつ》だったからだろう。いや、意味はあるのかもしれないが、子供だからわからなかったのだ。

いつの間にか康輝は、道の真ん中で立ちすくんでいた。歩こうにも、踵《かかと》が地面にぴったり貼りついて、どれだけ力を入れても剝《は》がれてくれない。手もだらりと下がり、懐中電灯が道の一部だけを虚《むな》しく照らす。

そのとき、前方の闇に白い影が浮かんだ。徐々に近づいてくるそれに、いったい何なのかと目を凝《こ》らす。

女だった。

二十歳《はたち》ぐらいの若い女だが、見覚えはない。だが、近づいてきた彼女の顔を見て、得も言われぬ恐怖がこみ上げた。

　整った綺麗《きれい》な顔だちをしていた。笑いかけられたら胸がときめいたかもしれない。けれど病人か、いっそ死人のような土気《つちけ》色の肌をした彼女は、まったくの無表情だ。それでいて、瞳《ひとみ》がやけに光っている。

　懐中電灯は地面を照らしたままだ。それなのに、どうして女の顔がはっきり見えるのだろう。そして、顔以外のところはただボウッと光っているだけで、服装も髪型すらもわからなかった。

「…………て」

　女の形良い唇《くちびる》が動いた。何か言ったようだが聞き取れない。

　康輝は直立不動だった。金縛《かなしば》りにでもあったみたいに、少しも動けなかった。やたらと息苦しく、意識して呼吸を続けないと、すぐに止まってしまいそうだ。

　目の前に来た女が、すっと身を低くした。

　何をするつもりなのかと怯えたところで、股間を撫でられる。

「あう……」

　全身が強ばっていたはずなのに、やけに感じてしまう。その部分が意思とは関係なく膨《ぼう》張《ちょう》してゆくのもわかった。

（いったい何を……!?）

女がズボンのファスナーを下ろし、中に手を差し入れる。性的な行為に誘おうとしているのは明らかで、けれどなかなか信じることができなかった。

間もなく、脈打つ勃起が前開きから掴《つか》み出された。

（嘘だろ――）

上下に頭を振るペニス以外は、からだが少しも動かない。視線を下に向けることすらできなかった。

肉の猛《たけ》りに絡みつく指は、やけにひんやりしている。だが、ふにふにと柔《やわ》らかくて心地よい。それが上下に動いて包皮をスライドさせ、快感を与えてくれる。

「ああ、ああ……」

突っ立ったまま、康輝は馬鹿みたいに喘《あえ》ぎをこぼし続けた。腰椎《ようつい》を甘く痺れさせる快美に、膝もわななく。こんな状況で、どうしてここまで感じてしまうのか、さっぱりわからない。

そして、この女が何者なのかということも。

（そう言えば、女に化けて男と寝たムジナもいたって――）

あれは相川《あいかわ》に伝わる話ではなかったか。ともあれ、やはりこの女はムジナが化けているのだろうか。

　けれど、柔らかな手指の感触は、ケモノではなく人間のそれだ。間近に顔を寄せているらしく、敏感な小帯のあたりに生ぬるい吐息が降りかかる。

「むううッ」

　呻《うめ》いてしまったのは、指とは異なる感触を粘膜に得たからだ。濡れ温かなものが亀頭の丸みを滑り、それが舌であることをすぐに悟る。

「う、うッ――ああ……」

　腰をよじらずにいられない気持ちよさ。膝がカクカクと震える。

　さらに全体を温かな潤《うる》みにすっぽりと包まれ、頭の芯《しん》が絞られる悦楽に我を忘れる。ここがどこなのかも、相手が誰なのかも、どうでもよくなった。

　にゅる……にゅる……ねろり。

　舌が独立した生き物のように這《は》い回る。やけに長いそれで、感じやすい雁首《かりくび》の段差を辿《たど》るように舐《な》められた。

（ああ、もう――）

　経験したことのない快美に視界が狭まる。そのまま目を閉じ、息をはずませながら悦《よろこ》びに身を委《ゆだ》ねる。

見ず知らずの、正体すら定かではない女のフェラチオ。やがて康輝は限界を迎えた。

「あああ、あ、出る」

腰をギクギクとわななかせ、熱い滾《たぎ》りを放つ。それが女の口内にほとばしったのか、それとも放出寸前に口をはずされたのか、まったくわからなかった。それだけ爆発的なオルガスムスだったのだ。

「はあ、ハァ――」

息が荒ぶる。歓喜の名残に、からだのあちこちがピクッと痙攣《けいれん》する。

濡れたペニスがズボンの中にしまわれ、再び女の顔が目の前に来た。最初と変わらぬ、まったくの無表情。

「……わたしのこと、憶えていて」

風のような声が聞こえるなり、女の姿がフッと消えた。

三

翌日、昼過ぎに目を覚ました康輝は、自宅の部屋で普通に寝ていたものだから、軽いパニックに陥《おちい》った。

（おれ、どうやって帰ったんだ⁉）

鬼太鼓の練習からの帰路、歩いても歩いても家に着かなかったのだ。そこに怪しい女が現れて――。

彼女にペニスを含まれて、狂おしいまでの快感に身をよじったことは記憶している。だが、射精を遂《と》げた後のことが、さっぱり思い出せない。

（ひょっとして、全部夢だったんだろうか……）

道に迷ったことも、あの女も。だが、それにしてはやけに細部まで思い出せる。

寝起きの現象で、股間の分身は痛いほど怒張していた。トランクスの中に手を入れて握れば、ズキンと快美が走る。ほんのりベタついているものの、フェラチオの名残かどうかはわからない。今となっては、本当に射精したかすらも定かではない。

『……わたしのこと、憶えていて』

ふいに女の言葉が蘇《よみがえ》った。あの土気色の顔も、はっきり憶えている。以前に会ったことはないが、そうするとあれは予知夢《よちむ》か何かで、いずれ会うことになるのだろうか。

（いや、そんなことはないか……）

闇の中で感じた無気味さも、昼日中になればきれいさっぱり消え失せ、現実的になる。かなり酔っていたから、おそらく自分でもわからないうちに帰り着き、そうして夢を見たのだろう。

（うん。きっとそうだな）

自らを納得させ、蒲団《ふとん》から出る。カーテンを開ければ、外はいい天気だった。

部屋を出て一階におりると、家族は誰もいなかった。祖母は老人施設のデイサービスに行く曜日だし、父親は病院の検診で、母が運転して連れて行くと昨日言っていた。

康輝はと言えば、故郷にUターンして就職先は決まっていたが、勤めるのは四月からだ。三月中はのんびりできる。

今だけの気楽さを噛《か》み締めつつ、食卓に用意されてあった朝食兼昼食を食べる。食器を片づけて二階に戻ろうとしたところで、外に車の音がした。両親が帰ってきたのかと思ったが、エンジンの音が違う。

ピンポーン――。

呼び鈴が鳴らされ、玄関に出てみれば宅配便だった。

「お荷物をお届けにあがりました」

東京でもよく見かけたグリーンの制服に帽子をかぶった配達人は、意外にも若い女であった。

「あ、ご苦労様です」

だが、愛想《あいそ》よくニコニコと笑う彼女の顔を見て、康輝は息を呑んだ。笑顔だからすぐにわからなかったのだが、昨夜のあの女にそっくりだったのだ。

(じゃあ、あれは夢じゃなくて、現実——)

だが、淫《みだ》らなことをした相手に、彼女のほうは少しも動揺を見せない。それでも、康輝が固まってしまったものだから、怪訝《けげん》なふうに眉《まゆ》をひそめ、首をかしげた。

「あの……ハンコかサインをお願いしたいんですけど」

言われて、康輝は「ああ、はい」と我に返った。彼女の差し出したボールペンを焦って受け取ったとき、指先が触れる。

(ああ、この指が)

これでペニスを握られたのかと考えるだけでどぎまぎした。

(いや、まだそうと決まったわけじゃないんだから——)

暴走しそうになる感情をどうにか抑え込み、伝票にサインをしてボールペンと一緒に返す。

「ありがとうございます。それではこれを」

笑顔で荷物を差し出す彼女は、少しも曇りのない、澄んだ眼差《まなざ》しだ。やはり昨夜の女とは別人ではないかと康輝は思った。

(だいたい、この子があんなところにいる理由がない)

すべては夢で、そこに登場した人物が偶然似ていただけではあるまいか。

「あの、こちらの息子さんなんですか?」

唐突な質問に、康輝は「は、はい」と妙に甲高《かんだか》い返事をしてしまった。

「わたし、先月からこちらの地区を担当しております、菅野《すがの》と申します」

若い女配達員が、首にさげていた写真付きの社員証を見せる。そこには『菅野美和《みわ》』と名前が入っていた。

「あ、ああ、どうも……」

「ひょっとして、これからこちらに住まわれるんですか?」

「ええ、まあ」

「では、今後ともよろしくお願いいたします」

明るい笑顔での挨拶《あいさつ》に、康輝は(やっぱり違うな)と確信した。こんな子が、あんないやらしいことをするはずがない。

「先月からっていうことは、まだ雪があったんじゃないの?」

康輝が問うと、美和はにこやかに答えた。

「ええ。先月はけっこう大変だったんですよ。こっちは坂も多くて、スタッドレスでも滑りやすかったんです」

「ああ、そうだね」

「わたし、まだそんなに運転が上手じゃないから、雪が消えて本当によかったです。あ、でも、県道のほうは雪が全然なかったのに、こちらにあがってきたら積もってたこともあるんですよ」

「上と下じゃ気温も違うからね。それに、こっちは車もそんなに通らないから、なかなか消えないし」

「だけど、自然が多くていいですよね。わたし、こういうところってけっこう好きなんです。担当になってよかったなって思います」

そこまで話してから、美和は「あ、いけない」と肩をすぼめた。

「すみません、余計なおしゃべりしちゃって。では、どうもありがとうございました」

「いえ、ご苦労様」

爽《さわ》やかな笑顔で礼を述べた美和を、康輝も清々《すがすが》しい気分でねぎらった。と、去りかけた彼女が、ふと足を止める。

「あの、そう言えばこのあたりで――」

言いかけたものの、美和はすぐに思い直したらしい。

「あ、いえ、何でもありません。どうも失礼いたしました」

取り繕《つくろ》って車に戻り、すぐにエンジンをスタートさせる。だが、問いかけたときの彼女の表情がやけに暗かったものだから、康輝は気になった。

四

その翌日も鬼太鼓の練習があり、康輝は休まず参加した。初日は二十人近くいたものの、今日は十人ちょっと。各々《おのおの》仕事や家庭があるのだから仕方がない。それに、すでに何度も祭を経験している者たちは、そう根を詰めて練習する必要はなかった。

だが、今年が初めての参加である康輝は、そうはいかない。鬼をやるように言われていたから、小学校のときに教わったことを思い出しながら、繰り返しおさらいをした。

「そういや、おとといはだいぶ飲んどったけも、だいじょうぶだったかや」

練習後の酒宴で、ヨシカズが訊《たず》ねる。

「んー、いちおう無事には帰れたんだけど……」

ちょっと迷ってから、康輝はそのときのことを話してみた。歩いても歩いても家に着かず、同じところを回っていたようだったと。見知らぬ女にペニスをしゃぶられて射精したなんて話は、さすがにできなかったが。

「そらおめえ、ムジナらねかさ」

ヨシカズがあっさり断定したものだから、康輝はドキッとした。

「いや、でも、酔ってたから」

「あんな道で迷うわけねえっちゃ。そらムジナに決まっとるわ」

すでに日本酒をコップで二杯ほど空け、酒焼けの顔をいっそう赤くしたヨシカズは、大真面目だった。軽々しく冗談《じょうだん》を口にするような男ではないから、やけに説得力がある。

「ムジナっちゃあ、ここへ来る途中、一匹死んどったな」

そばで聞いていた、やはり同級生のマサオが口を挟んだ。ムジナに化かされたという話など、少しも信じていない様子だ。

「車で轢《ひ》かれたのんか」

「たぶんな。おとといも見たし、今年はけっこう多いな」

「ムジナも食いモンのうて、腹へっとるんだわ。それで県道まで出るのんさ」

他の面々も話に加わる。彼らにとって、ムジナはあくまでも山に住むケモノ——狸でしかないのだ。

康輝も、ほんのちょっと前までそうだった。こっちに戻ってから夜の道を車で走ったとき、道路脇にいるムジナや、轢《れき》死体も目にした。それは確かにただの狸で、あんなものが人間を化かすとは到底思えない。

けれど夜の闇で、狸でなくムジナという呼び名を浮かべると、途端に得体の知れないものに変わってしまう。幼い頃に聞かされた話が、意識に深く刻《きざ》み込まれたせいなのか。

「そうか、康輝もムジナに化かされたか」

ヨシカズはそうと決めてしまったらしい。つぶやいて、ひとりでうんうんとうなずく。

そんな態度をとられると、康輝もやっぱりそうなのかと思えてくる。

「なあ、そういや、こっちを廻っとる宅配のねえちゃんって、けっこう可愛《かわい》くね？」

二十歳になったばかりのタカシが、身を乗り出して別の話題をふった。

「ほんとか？」

「うん。おれ、こないだの日曜にうちにおったら、宅配が来てさ。前までおっちゃんだったのが若くて可愛い女だったから、マジびっくりした」

「ああ、おれも運転しとるとこ見たわ。たしかに可愛かった」

「あれだろ、××運輸の」

賛同の意見が次々と出る。それが美和のことだというのは、康輝にもわかった。だが、一緒になって品評する気にはなれない。

（ひょっとして、あの子もムジナが化けているんじゃ――）

そんなことを真剣に考え、康輝は背すじを震わせた。

五

酒宴がお開きになったのは、今夜も午前零時近くになってからだった。

康輝は、ほとんど酔っていなかった。あれは本当にムジナの仕業《しわざ》だったのかということが、ずっと気になっていたからだ。

（また今夜も出るんじゃないだろうか）

すっかり怖くなり、来るときは急な山道を下ってきたが、帰りは遠まわりして車道を歩くことにした。子供じゃあるまいしと、自分でも滑稽《こっけい》に感じなかったわけではない。けれど外に出て、明るい星空をバックにした鬱蒼とした山影を見あげるなり、そこを歩いて登ろうという気はかけらもなくなった。

歩く道は、神社の近くからすぐ山に入ればいい。けれど車であがる道は、県道をさらに一キロも上《かみ》の方向に進み、それから山に入る。要は直線であがれるところを、ぐるりと迂《う》回《かい》するコースだ。おまけに一度峠まであがって、また下らねばならない。一時間で帰れるかどうかという距離がある。

　それでも、闇に包まれた山道よりは、明るく開けた道のほうがずっとマシだった。

　しかし、県道を半分も行かないところで、康輝はやめておけばよかったと後悔した。いつも車で走っている道は、歩いてみるとかなり遠い。頭で描いた距離よりも、ずいぶんと長く感じられた。

（ムジナに化かされても、あんな気持ちいいことをしてもらえるなら、それもいいんじゃないだろうか）

　射精に導かれたときの強烈な快感を思い出し、モヤモヤした気分にもなる。木《こ》の芽時《めどき》で、青くさい春の息吹が夜気に溶け込んでいたせいだろう。

　そして、今さらのように気がつく。

（あれはやっぱり、夢なんかじゃなかったんだよな）

　もしも夢であったのなら、確実に夢精していたはずだ。けれど、寝起きのトランクスの内側には乾いたカウパー腺液が付着していただけで、精液などなかった。

　見あげれば、また星が雲に隠れていた。ぬるい風が吹いてくる。雨になるのだろうか。

　街灯の点《つ》いた県道でも、やはり夜は無気味だ。道沿いの民家の明かりも、すべて消えている。田舎の夜は早く、一度眠りにつけば朝まで起きることはない。

前方から車が来る。不必要にエンジンをふかし、康輝の横をかなりのスピードで走り去った。

再び静寂が戻る。しばらく歩いた先で路上に黒い塊《かたまり》を見つけ、康輝はドキッとした。ムジナの死骸《しがい》だ。

県道に飛び出して車に轢かれたのだろう。懐中電灯で照らすと、蠅《はえ》がたかっていた。死んでからだいぶ経っている様子だ。あるいはさっきの車は、これを見て怖くなり、スピードをあげたのではないか。

アスファルトに血が流れているのに気づき、康輝は慌てて懐中電灯の光を逸《そ》らした。足早にそこから立ち去る。

間もなく、県道から山へあがる道に入る。ここも最初はアスファルトで、道幅もあった。上でダムの工事があり、資材などを運ぶために広くしたと親から聞かされていた。だが、カーブをふたつも曲がり、ダム建設用のルートからはずれれば、道幅は途端に狭くなる。舗装もゴツゴツしたコンクリートで、これは昔のままだ。

最短距離の山道よりは緩やかとはいえ、こちらも坂であることに変わりはない。康輝は息を切らしながら歩いた。神社を出て、もう四十分近く歩いていたが、ようやく半分というところか。だが、平らな県道を歩くよりも、これからペースはだいぶ落ちるだろう。

空気がじっとり湿ってきた感がある。やはり雨になるのだろうか。見あげれば空の色も闇に近い。急がねばなるまい。

肌に汗を滲《にじ》ませつつ歩き、どうにか峠が見えてきた。そこからは下りだから、ずっと楽になる。

「え?」

前方を懐中電灯で照らし、康輝は思わず声を発した。

峠で道は二手にわかれる。康輝の家へ下る道と、さらに別の山へとあがる道だ。その、ちょうど三叉路《さんさろ》のところに、車が一台停まっていたのだ。しかもそれは、美和が勤める宅配会社のものだった。

(なんだってこんなところに?)

この近くにも民家はあるが、住むのは年寄りばかり。もちろん宅配の仕事などしていない。怪訝に思いつつ近寄って確認すれば、車の背面にプレートがあった。

『この車の運転手は菅野美和です——』

(美和さんが⁉)

もちろん彼女は、ここらの人間ではない。いったいどういうことかと混乱し、思いついたことにゾクッとする。

（じゃあ、やっぱり彼女はムジナ――）

この山に住むムジナが人間に化け、宅配の仕事までしているというのか。

（いや、そんな馬鹿な）

訳のわからぬ恐怖に苛《さいな》まれ、康輝は逃げるように車から離れた。わが家への道を、急ぎ足で歩く。

車道とはいっても、土手や山を削《けず》ってこしらえたそこは、対向車があってもすれ違えない狭さだ。木も繁って闇が深くなり、あの山道と雰囲気《ふんいき》が近くなる。

「あ――」

康輝は声をあげ、足を止めた。懐中電灯の明かりが、前を歩く人影を捉《とら》えたのだ。

（美和さん――）

昨日と同じグリーンの制服と制帽。後ろ姿でも、彼女に間違いないとわかった。

同じように立ち止まった影が、ゆっくりとこちらをふり返る。果たしてそれは美和であった。

「みわ……菅野さ――」

声をかけようとして、喉が絞られる。愛らしい笑顔が印象的だった彼女は、顔から感情を失くしていた。一昨日の夢か現《うつつ》か定かでない、あの女そのものだった。

(じゃあ、やっぱりあれは美和さんだったのか！)

康輝は足を動かせなかった。あのときと同じように、地面にぴったりと貼りついていたのだ。

美和がこちらに近寄ってくる。懐中電灯の光を反射させる目が無気味に輝く。血の気を無くした肌の色にも、背すじが震えた。

「……わたしを憶えてた？」

間近に迫った美和がつぶやく。うなずくこともできず固まった康輝の前で、彼女はすっと屈み込んだ。

「ううッ」

股間に手が触れる。あのときとまったく同じ感触だ。

では、彼女は本当にムジナなのかと考えたところで、前開きから指が忍び込む。いつの間にか脈打っていた陽根が、トランクス越しにすりすりとさすられた。

「こんなになって……」

つぶやきに、康輝は思わず視線を下に向けた。牡《おす》の高まりを見つめる若い娘は、昨日の昼に見たあどけなさが信じられないほど、妖艶《ようえん》な眼差しをしていた。

(いったいどっちが本当の美和さんなんだ？)

混乱しつつ、快感も高まる。摑《つか》み出された勃起がひんやりした外気に触れるなり、尖端《せんたん》にチュッとくちづけを受けた。

「あああ」

わずかの接触にもかかわらず声が洩《も》れ、息が荒ぶる。舌は亀頭を味わうように回り、強ばりが徐々に吞み込まれる。

（こ、こんな……）

ペニスが溶けるような快さに、膝がガクガクと笑う。こみ上げる射精欲求を、康輝は尻の穴を引き絞って懸命に堪《こら》えた。

「ん……ンく」

ちゅ……ぷちゅ——ぢゅぢゅッ。

夜のしじまに淫らな吸い音が響く。美和は熱心に頭を前後に振り、鼻息を根元に吹きかけながら、柔らかな唇で肉胴をこすった。

舌も絡みつかせての濃厚なフェラチオに、頭の芯が歓喜で痺れてくる。彼女が人を化かすケモノかもしれないという怖れも、上昇を回避する要素にならない。それだけ快かったのだ。

いよいよ危うくなり、康輝が「ああ、もう」と窮状《きゅうじょう》を訴えたところで唇がはずされる。

「出そうなの？」

ストレートな質問に息をはずませつつ見おろせば、美和は濡れた唇をやけに赤い舌で舐めていた。妖しい色香に呑まれて、何もかもどうでもいいという、自堕落《じだらく》な気分になってくる。

美和が膝立ちのまま後ずさる。くるりと背中を向けると、ズボンと下着をまとめて脱ぎおろした。

手に持ったままの懐中電灯を、康輝は反射的に彼女に向けた。まぶしいほど白い、むっちりした丸みが、薄オレンジの光の中に浮かびあがる。

「わたしのも舐めて――」

あらわな台詞《せりふ》のあと、美和が四《よ》つん這いになった。綺麗なおしりがぱっくりと割れ、狭《はざ》間《ま》に卑猥《ひわい》な翳《かげ》りをこしらえる。

劣情を誘う眺めに吸い込まれるように、康輝は前に進んだ。彼女の真後ろに膝をつき、懐中電灯を地面に置く。

むわ――。

ヨーグルトのようなすっぱみが、鼻腔《びこう》に忍び込む。我慢ならなくなり、たわわな双丘《そうきゅう》を両手で鷲《わし》掴みにする。

「あん」

美和がもどかしげに尻を揺する。暗がりでも、艶肌《つや》がぷるんと波打ったのがわかった。

ためらう要素は何もない。康輝は淫靡《いんび》な肉割れに顔を埋めた。

（ああ……）

濃厚になったすっぱみが鼻奥を刺激する。臀裂《でんれつ》に溜まった汗の蒸れた臭気と、性器がこぼす乳酪臭《にゅうらく》が溶け合った、まさにケモノじみたパフュームだ。

（やっぱりムジナなのか――）

そんなことをチラッと考えてから、舌を恥割れに突きたてる。

「あふン」

美和が鼻にかかった声を洩らした。

舌に粘つきがまつわりつく。ほんのりしょっぱいそれに、牡の情動が燃え盛《さか》る。

康輝は舌を荒々しく躍らせ、女芯を舐めしゃぶった。

「あ――は……ひゃふぅ」

甲高いよがりが夜の闇に溶ける。はち切れそうな臀部がくねくねと左右に揺れ、康輝はそれを逃がさないようしっかり捕まえて、敏感な反応を示す淫華をねぶった。

「ん、ふっ、ふあああ」

喘ぎにあわせて、秘割れがきゅむきゅむとすぼまる。舌を挟み込み、もっとしてというふうに愛蜜《みつ》を滲ませる。

鼻の頭がめり込むアヌスも、いやらしく収縮していた。康輝はそちらにも舌を這わせた。

「ひッ――」

美和が吸い込むような声をあげ、背中を弓なりにする。

「だ、駄目……」

拒《こば》まれても、康輝の舌は止まらなかった。放射状のシワを一本一本確認するようにねちっこく舐め、尖《とが》らせた先を中心に突きたてる。ベタつきとわずかな異臭も気にならなかった。

味も匂いもしなくなるまで秘肛をしゃぶりつくし、女陰に戻れば、そちらはすっかりしとどになっていた。嫌がりつつも、アナル舐めに感じていたらしい。

ぬらつく花弁をかき分けて粘膜を舐め、さらに敏感な肉芽を探って吸いたてると、豊満な肉尻が激しいわななきを示した。

「ああ、ああ、感じる」

あらわな声に、康輝の全身が熱くなる。

「も、もう……挿《い》れて」

切なげなおねだりを無視することはできず、愛液と唾液でヌルヌルになった口を陰部からはずす。薄闇に浮かぶ美和の尻を見つめながら、康輝はズボンとトランクスを膝まで下ろした。

かつてないほど強ばった肉の槍《やり》が、反り返って下腹に張りつく。それをどうにか傾けると、尖端を尻割れの狭間にもぐり込ませた。

「ああん……」

濡れ割れを亀頭でこすり、愛液をなじませていると、美和が焦《じ》れったそうに下半身をくねらせた。

「は、早く――」

請われるままに、熱い如意棒《にょい》を送り込む。

「ほおおおッ」

美和がのけ反り、ひときわ大きな声をあげた。尻をキュッとすぼめ、迎え入れた男根を締めつける。

「うう……」

快感に康輝も呻いた。内部の襞が奥へ誘うように蠢《うごめ》くのに、早くも爆発しそうになる。

ギリリと音がするほどに奥歯を噛み締め、康輝はたわわなヒップを両手で支えると、力強い抜き挿《さ》しを開始した。

ずにゅ……ぢゅ——。

卑猥な粘つきが結合部からこぼれる。柔襞を掘り起こされると、膣内はいっそう熱を帯びた。

「ああ、あ、はあぁ」

美和の喘ぎも高まる。杭《くい》打たれるたびに、艶尻が鋭敏に反応した。丸みに筋肉のへこみをこしらえ、痙攣して波打つ。

ぢゅにゅ、ちゅ——ぱつン。

下腹と臀部の衝突が、湿った音を響かせる。溢《あふ》れた愛液が一帯を湿らせ、ふたりの間に何本も糸を引いているらしかった。

深夜の夜道で、ケモノの体位での交わり。それこそムジナになって交尾をしている気分だった。

(ああ、気持ちいい)

康輝は夢中になって腰を動かした。

「ヒ——いいいっ、いぐぅっ!」

美和はあっ気《け》なく昇りつめた。力尽《つ》きたようにからだをのばし、俯《うつぶ》せる。膣から抜けたペニスが勢いよく反り返り、下腹をぺちりと叩いた。

康輝はまだ達していなかった。これで終われるはずもなく、ぐったりした美和を仰向けにさせると、今度は正常位で挿入した。

「あああああ」

濡れ窟をぬむぬむと侵略され、若い女体が背中を浮かせる。けれど、すぐにしがみついてきた。

「も、もっと——」

貪欲に求められ、もちろん康輝に異存はない。少しの間も置かず、急いたピストンを繰り出した。

「あ、あ、あっ、は——ああッ」

突かれるのに合わせ、喘ぎもリズミカルになる。硬い路面でのセックスにもかかわらず、彼女は少しも苦痛を訴えない。康輝もからだを支える膝や肘《ひじ》に、不思議と痛みを感じなかった。

「ああ、あ……また——」

美和がオルガスムスの気配を示す。自らも上昇していた康輝は、腰の運動を限界まで加速させた。

「く、来る……あああ、イッちゃう」

すすり泣く声を耳にして、頭の芯が蕩《とろ》けてくる。本能のみで女芯を突きまくった康輝は、間もなくめくるめく瞬間を捉えた。

「おおお、いく」

歓喜にまみれ、腰の動きがぎくしゃくする。それをどうにか立て直し、最後の深い一撃を食らわせたところで、堰《せき》が切れた。

「出る――」

熱い滾りが、びゅるびゅると音を立てて尿道を駆け抜ける。

「あああ、あ、イクぅッ！」

ほとばしりを浴びた美和が、悦びの嬌声《きょうせい》をあげた。

激情が去り、静寂が戻る。ふたりの荒い息づかいのみが木々にこだまする。

康輝はぐったりして美和に身をかさねた。そのとき、密着した彼女の頬が熱いもので濡れているのに気がつく。

「ごめんね……わたしが――」

声を震わせるつぶやきを耳にした直後、康輝は虚無《きょむ》に堕《お》ちた。

六

目が覚めたとき、カーテン越しの窓はわずかに明るくなっていた。枕元の時計を確認すると、夜が明けて間もない時刻だ。

（え――!?）

自分が部屋の蒲団で寝ていることに気がつき、康輝は混乱した。

（おれは、美和さんと……？）

夜の道で、激しく求めあったはず。悦楽の甘美な名残は、まだ体内にくすぶっている。あれも幻《まぼろし》だったのかと考えたとき、ふと甘い匂いを嗅いだ。

（え？）

今さら腕に乗った重みに気がつく。見れば、胸に縋《すが》りつくようにして寝息をたてる女がいた。

「美和さん!?」

名前を呼ばれた彼女はピクッと身を震わせ、それからゆっくり瞼《まぶた》を開いた。

「……え？」

康輝を見つめ、美和がきょとんとなる。そこには昨夜の妖艶な面影《おもかげ》は少しもなく、やたらとあどけない顔があった。

「本当に、憶えてないんです……」

親たちに気づかれないようこっそり家を抜け出し、康輝は美和を峠まで送ることにした。彼女は昨夜の記憶をすっかり無くしているらしく、だから康輝も、夜道で倒れていたのを連れ帰ったと説明した。

外は霧雨《きりさめ》で、冷たい空気が濡れて重くなっている。だが、傘《かさ》をさすほどではない。車で送ろうかとも考えたが、エンジン音で家族を起こしてはまずいと、ふたりは坂道を歩いた。

「じゃあ、どうしてあんなところにいたの？」

「あの……ちょっと気になることがあって、それで配達が終わったあとに、峠まで来たんです」

「気になることって？」

「それは——」

美和は言い淀《よど》み、口をつぐんでしまった。それ以上訊くのは悪いような気がして、康輝も黙った。

　ふたりとも無言で坂をのぼる。起きたばかりということもあって、すぐに息が切れてきた。

（……やっぱりムジナなんかじゃないよな）

　頬を火照《ほて》らせて歩く美和を横目で観察し、康輝はそう思った。昨夜の彼女は得体の知れない存在に映ったが、今はごく普通の、可愛らしい女性にしか見えない。ほのかに漂《ただよ》ってくる甘い香りにも、ケモノが化けているとは到底信じられなかった。

（じゃあ、ゆうべのあれはいったい……？）

　彼女自身がムジナでないとすれば、ムジナに取り憑かれていたというのか。最初の晩のときも——。

　そんなことを考えていると、ふいに美和が足を止めた。そこは昨晩抱きあったあたりだ。何か思い出したのかとドキッとする。

「どうした——」

　訊ねかけて驚く。彼女は真っ青になり、急にガタガタと震えだしたのだ。

「こ……ここにいる」

　つぶやいて膝をつき、両腕で胸を抱きしめる。イヤイヤをするように頭を振り、かぶっていた帽子がぱさりと落ちた。

「菅野さん、どうしたの⁉」

康輝の問いかけに、美和は顔を伏せたまま指を差した。土手を削って作られた道の、ガードレールもない崖《がけ》のほうを。

「そ、そこに——」

言ったきり、また震えだす。

(何かあるのか?)

康輝は駆け寄って、道下を覗いた。枯れ葉の積もった斜面に灌木《かんぼく》が生えている。特に変わったものはないようだったが、

「あっ!」

思わず声をあげる。斜面のだいぶ下のほうに、木の根元に引っかかったムジナを見つけたのだ。

瀕死《ひんし》の状態だったムジナを、ふたりは町の動物病院に運んだ。

「車にはねられたんだろうね」

初老の医師は、骨折の具合からそう判断した。幸いにも致命傷にはなっていないよう

で、体力が回復すればあとは心配ないとも。

「まあ、この状態でずっと生きてたっていうのは、それだけ生命力が強いってことだ。まったく団三郎《だんざぶろう》みたいなやつだ。こいつなら人間を化かすのも造作《ぞうさ》ないだろうな」

団三郎とは、佐渡の有名なムジナだ。ムジナの総大将で、夜道に蜃気楼《しんきろう》を出して化かしたり、人間に化けて医者にかかったり、人間に金を貸したなんて伝説もある。最後は若い女に化けたのが農夫にばれて懲《こ》らしめられ、以来ひとを化かすことはなくなったという。

だが、医師の冗談めかした言葉にも、美和はかなり不安げな様子であった。

「あの子、わたしがはねたんです……」

病院から出たところで、美和がぽつりと言った。

「三日前に内村さんのお宅に配達に行く途中で、急にあの子が飛びだして……ぶつかったのがわかったから、慌《あわ》てて車から出て探したんだけど、見つからなくって。そのときは、べつに大したことなくて逃げちゃったのかなって思ったんだけど……でも、ずっと気になってたんです」

だから昨夜、仕事のあとで探していたという。

では、康輝相手にあんなことをしたのは、ムジナを轢いた罪悪感が高じ、正気を失くしたせいだったのか。それがもっとも現実的な解釈だろう。

『ごめんね……わたしが――』

美和の涙声が脳裏に蘇る。どうするすべもなく男に縋り、一時の快楽に逃げたと考えるのが自然だ。しかし、

(いや、やっぱりあのムジナに操られていたんだな)

康輝にはそうとしか思えなかった。

(美和さんだけでは自分を見つけてもらえないとわかって、ムジナはおれを巻き込んだんだ――)

となると、もうひとつ確認すべきことがある。

「あのムジナを探しに来たのって、きのうだけ?」

康輝の質問に、美和は「ええ」とうなずいた。

(それじゃあ、最初に見たあれは――)

急坂の途中で射精に導いた美和は、ムジナが見せた幻だったということになる。おそらく、ふたりを引き合わせるために。

(おれはムジナにイカされたってわけか……)

考えて、落ち込みそうになる。だが、おかげで美和と知り合えたのだ。それは感謝してもいいだろう。

「医者も言ってたけど、あのムジナ、きっと元気になるよ」

まだ落ち込んでいる美和を、康輝は励ました。

「……はい」

「治ったら、ふたりで山に放してやろう」

美和がこちらに顔を向ける。ちょっと驚いた表情が、すぐ笑顔になった。

「はい！」

明るい返事に、康輝はときめいた。

（せっかく知り合えたんだから、もっと仲良くなりたいな）

ムジナに操られた状態ではなく、素のままの彼女と親密になりたい。

「おれ、来月の祭の鬼太鼓で、鬼をやるんだ。今、練習してるんだけど……よかったら、祭のとき見に来ない？」

思い切って誘うと、美和がほんのりと頬を染める。

「はい、絶対に見に行きます」

彼女ははにかんで答えた。

紅い櫛《くし》

藍川 京

著者・藍川《あいかわ》　京《きょう》
熊本県生まれ。一九八九年にデビュー以来、ハードなものから耽美なものまで精力的に取り組む。特に『蜜の狩人』『蜜の狩人─天使と女豹』『蜜泥棒』『ヴァージン』『うらはら』（いずれも祥伝社文庫）で、読者の圧倒的人気を獲得した。最新刊は『甘い裸身』

　四月の陽気が一変し、今日はやけに寒い。

温暖化の影響で、おかしな気候が続いている。二月は温かかった。今月も下旬にさしかかろうとするとき、夏日の地域が出るなど異常だった。それなのに、それからわずか一週間でこの寒さだ。気温の変化が激しすぎる。冬の格好でもおかしくない。

木曾《きそ》の奈良井宿《ならいじゅく》に着き、車から降りたとき、宗方秀和《むなかたひでかず》は想像以上の大気の冷たさに呆れた。しかも、あいにくの雨だ。

　先週はジャケットもいらないほど暑かった。それが、今日は白っぽい麻のジャケットさえ季節外れのようで困惑した。こんなジャケットにするんじゃなかったと溜息《ためいき》をついたが、寒すぎて着ないわけにはいかない。ジャケットがあるだけいいのかもしれない。

　紺の長袖のTシャツとジーンズの上に麻のジャケットを羽織った宗方は、傘を差した。

　今年は不景気で、四月後半から五月にかけての大型連休が、最大、十六日の会社もあるらしい。贅沢《ぜいたく》な休日と喜べないのは、バブルの時期とはちがい、仕事が減って休日を増やすしかない会社も多くなっているためだ。

早いところは今日から連休に入るようだが、宗方の会社の休みは、二十九日の昭和の日から八日間だ。あと数日を待たずに旅に出たのは、連休に取っていた宿をキャンセルしてしまったことと、鬱々《うつうつ》とした気持ちをさっさと紛《まぎ》らわせたいという気持ちがあったからだ。

連休は、恋人といっしょに北海道を旅行しようと思っていた。相手はアパレルメーカーに勤めている二十八歳の女で、交際を始めておよそ一年、うまくいっていたけれど、先月、別れてしまった。それで、楽しいふたり連れの旅行は諦め、思い切り適当な旅をしてみようと、今夜の宿も取っていない。男ひとり何とかなるさという、半ば捨て鉢な気持ちもあった。

愛車に乗って、午前中に三鷹《みたか》の小さなマンションを出発した。

すでに大型連休に入った会社もあるだけに渋滞《じゅうたい》を心配したが、さほど混むこともなく、中央自動車道を走ることができた。

東名高速にするか中央自動車道にするかだけでなく、北にするか東にするかも考えず、気がつくと中央自動車道を走っていたというだけだ。

天気が崩れると言っていたが、そんなときにわざわざ旅行かと、宗方は悪天候の中に突っ込んでいくような自虐《じぎゃく》的な思いも感じた。

途中で適当に休憩しながら特別なことも考えずに走っていたが、諏訪湖《すわこ》サービスエリアで休憩《きゅうけい》したとき、もうじき岡谷《おかや》ジャンクションなので、名古屋方面に向かうか、日本海側に行くか決めなければ……と、初めて迷った。

蓼科《たてしな》に美《うつくし》ヶ原《がはら》高原、穂高《ほたか》に飛騨《ひだ》方面……。かつてこのあたりは何度か訪ねている。だが、どこにも興味が湧《わ》いてこない。

初めて道路地図をもらい、広げてみた。

西側三〇キロぐらいの所に、奈良井宿と赤字で書かれている。

奈良井宿か……。

なぜかそのとき、中山道《なかせんどう》の宿場町の名前に惹《ひ》かれた。まだ訪ねたことはない。

車で中山道か。情緒《じょうちょ》がないな。まあいいか。よし、奈良井宿だ……。

そんな軽い思いで、行く先が決まった。決まると、不思議と今までより元気になった。

伊那《いな》インターチェンジを出て四キロ以上ある権兵衛坂《ごんべえざか》トンネルを抜けると、奈良井宿は近かった。しかし、天気予報どおり、雨になっている。

サービスエリアで休みながら来たこともあり、奈良井駅の駐車場に着いたときは午後一時を過ぎていた。

奈良井宿は、中山道三十四番目の宿場として栄えたところだ。

カップルや女同士の学生らしい年代の者も意外と多く、いざひとりで歩きだすと、なんとなく落ち着かなくなった。

白っぽい麻のジャケットは、店に春物が出てすぐに、恋人との楽しいふたりの旅を想像して買ったものだ。しかし、季節外れの寒さのせいだけでなく、ひとり旅では目立ちすぎるような気がして、ますます気になってきた。

雨では歩く気がしないが、せっかく来たからにはどんなところか見ておかなければと、左右に土産物屋や民宿などの並ぶ下町から中町に向かって、意外と広い道を歩いた。

町並みは奈良井川に沿って一キロもあり、かつては木曾路一番の賑《にぎ》わいだったというが、今も、その頃の面影《おもかげ》を残した奈良井宿独特という猿頭《さるがしら》をあしらった鎧庇《よろいびさし》が道に突き出している。傘《かさ》を差しているものの、鎧庇の下を、できるだけ雨に濡れないように歩いた。

家々の黒い格子、くぐり戸から入る喫茶店、蔀戸《しとみど》、二階が一階より突き出ている出梁造《だしばり》り、所々にある水場……。

どれもが古い歴史を伝えているようで、観光客さえいなければタイムスリップしたように感じるだろう。

連れのいる観光客は雨にも拘《かか》わらず、はしゃぎながら五平餅や朴葉《ほおば》餅、お焼きなどを店頭で買って口に入れている。

宗方も軽い気持ちでひとつ買えばいいものを、不自然なひとり旅を意識しすぎて、格好がつかない気がして手が出なかった。

後で美味《うま》い酒でも呑みながらきちんと食事を摂《と》ろうと思い直し、曲げ物や竹細工などの土産物屋をときおり覗《のぞ》きながら歩いていると、右手に鳥居に似た木の門があった。左には「大宝寺《だいほうじ》」、右には「マリア地蔵庭園」と書かれている。不思議な気がして門をくぐり、路地の奥の大宝寺境内《けいだい》に入った。

「雨なのにご苦労様です」

腰の曲がった老婆に頭を下げられ、面食らって会釈した。

本堂入口に何人かの高齢の女が見える。この老婆は大宝寺の信徒なのかもしれないと思いながら、本堂ではなく、受付のいない右手の小さな建物に入ると、パンフレットが置かれていた。

七十数年前、藪《やぶ》の中に埋もれていたところを発見されたという頭のないマリア地蔵が祀《まつ》られているという。

拝観料の百円を紙箱に入れ、パンフレットの簡単な地図に従って、頭のないマリア地蔵の前に行き、木曾路にも隠れキリシタンがいたのかと思いながら眺《なが》めた。抱かれている子供が手に持っているのが十字架だ。隠れキリシタンが観音様に見せかけたものらしい。

雨で傘を差していなければ動けないのが鬱陶《うっとう》しい。それでも、宗方はまた土産物屋などの並ぶ道に戻り、中町を南に向かって歩いた。

観光客は口々に寒い寒いと言っている。ストーブで暖を取るために店に入る者も多いようだ。

目の前の数人の客が土産物屋に入ったとき、宗方もつられるように足を入れてしまった。

「まあ、きれい」

「和服を着なくちゃだめね」

「いつもこの格好じゃ、今さらね……」

スラックス姿の還暦前後と思われる女三人が足を止めて眺めていたのは、奈良井の伝統工芸品と書かれた和紙の前に並んでいる櫛《くし》だ。

「せめて、こんなのが似合う娘でもいたらね……うちは息子だけだし」

「あら、お嫁さんにいいんじゃない」

「ジーンズばかりでスカートも穿《は》かないわ」

女のひとりが溜息をついた。

しばらく櫛の前にいた三人が、そのうち他の場所に移り、やがていなくなった。

宗方は遠目に見た櫛が気になった。

こんな櫛の似合う恋人がいたら……。

身近にはいそうにもない品のある色白の女を思い浮かべた。

「いい櫛でしょう?」

見惚《みと》れていると店の女に声を掛けられ、宗方は慌《あわ》てた。

「塗櫛《ぬりぐし》は奈良井の伝統工芸品ですからね。朱漆《しゅうるし》を塗り重ねて、その上に絵を描くんです。きれいでしょう? 花や蝶や折鶴や紅葉《もみじ》、どれも喜ばれますよ。奥様にいかが?」

「えっ? まだ独り者で……」

「あら、じゃあ、恋人にいいわ。こんなものを男性からプレゼントされたら、何て粋《いき》な人かと感激するわ。和服のときに髪に挿《さ》すと素敵よ」

「粋……ですか」

粋とは無縁な自分と思っていただけに、宗方は思わず聞き返した。

「ええ、現代的なものより、たまにはこんな櫛も意外でいいと思うわ。あら、彼女といっしょでしょう? どれがいいか尋《たず》ねてみたら? 近くにいらっしゃるんでしょう? でも、黙って渡されるのも嬉しいものよ」

連れがいると思われている。その櫛に興味を持って眺めていただけに買いやすくなった。

「いろいろあるけど、黒いのが大人っぽいかな……いや、紅いのが若々しくていいかな……その変わった模様の描いてあるのとか」

「これは新作。孔雀《くじゃく》の羽根なんですよ。金や緑や黒で繊細な羽が一本一本描かれているんです。やっぱりお客さん、若いのに粋だわ」

「孔雀の羽か……なるほど……いいな……それ、もらおうかな」

「これなら喜ばれるわ。また株が上がるわね」

社交辞令とわかっていても、宗方はその半月型の櫛が気に入っていただけに、自然に購入できるきっかけを作ってくれたさっきの客と、店の女に感謝したいほどだった。

店の女は宗方をさらに持ち上げながら、レジに塗櫛を持っていった。

贈る相手もいないのに塗櫛を買ってどうするつもりだと、店から出た宗方はジャケットのポケットに入れた櫛の包みに視線をやって苦笑した。

創業二百四年という旅館ゑちごやの時代がかった格子戸の古い佇《たたず》まいを眺めていると、今夜はこんな所に泊まってみたいものだと思うようになった。

そば屋も民芸品店も漆器の店なども、どこも格子戸の建物で、和服に日本髪の女が現れてもおかしくないようだ。

奈良井駅から歩き出して五か所目の水場だろうか。道が少し曲がって上町へと向かう鍵の手に来たとき、引き返して食事でもしようという気になったが、土産物屋でもらった奈良井宿の案内図を見ると、もう少しで宿の外れになる。

雨にはうんざりしていたが、せっかくだからと、少し先の鎮《しずめ》神社まで足を伸ばした。

まず杉の大木に目を見張ったが、次に目を留めたのは、拝殿で手を合わせている和服の女の後ろ姿だった。

黒い和服に白地の帯が、何とも粋に見える。

鬱陶しい雨の景色が、一気に爽《さわ》やかになった。

素足に下駄を履《は》いた女は観光客とは思えない。

どんな顔をしているのだろう……。

宗方の興味はすっかり女に移ってしまった。けれど、顔を見たさに拝殿まで行くのが憚《はばか》られ、鍵の手の水場まで戻った。

そこで女と擦《す》れちがったようにして顔を眺めてみるつもりだったが、女がこちらに来るとは限らないのに気づき、急に落ち着かなくなった。しかし、鎮神社は奈良井宿の南の端になる。こちらに来ないとおかしいと、水場に掲げられている説明書きを読んでいる振りをしながら、宗方は不安と期待のない交《ま》ぜになった気持ちで女を待った。

水場に躰《からだ》を向けていた宗方は、視線の端でちらりと紫色を捉《とら》え、顔を左に向けた。

女が紫色の和傘を差して歩いてくる。拝殿で手を合わせているときは傘は畳《たた》んでいたのだろうが、気づかなかった。それだけに、いきなり和傘を差して現れた女の華やかさに驚いた。

女が近づいたとき、宗方は鎮神社の方に向かうような素振りで擦れちがった。

一瞬のうちに、色白のふっくらした顔から足元まで視線を走らせた宗方は、女の穏やかな目元や口元に惹かれ、通り過ぎた女を振り返った。

後ろ姿も歩き方も、何もかも絵になっている。奈良井宿にぴったりの女だ。他の観光客の姿も消え、粋な女だけを眺めていたい衝動に駆《か》られた。

女は三十路前後だろうか。アップの髪が艶々と輝いていた。髪を染める女が多くなっている中、あれが本当の黒髪だと感動しながら、宗方は女の後を追うために、今まで歩いてきた道を引き返した。

女は観光客ではないはずだ。地元に馴染《なじ》みすぎている。ここに残された白い漆喰《しっくい》塗りの袖《そで》うだつのついた建物や黒い千本格子の建物に溶け混んでいる。

この女には求めたばかりの粋な塗櫛が似合いそうだ。黒髪に何も挿されていなかった気がする。宗方はいっそう女に近づきたくなった。

人妻かもしれない。旅館の若女将《おかみ》かもしれない。女将なら、ぜひそこに泊まってみたい……。

あれこれ考えながら、女を追い越さないように、ときには土産物屋の前に立ち止まって眺める振りをし、距離を保《たも》つようにした。

女は迷わずに中町から下町へと歩いていく。もしかして奈良井駅から電車に乗って出掛けるのではないかとも思ったが、巾着《きんちゃく》ひとつ持っていない。

女は、まだ宗方が歩いていない奈良井駅前の脇道から五十メートルほどしか離れていないところにある八幡《はちまん》神社へ向かい、石段を上りはじめた。下駄では上りづらいだろう。まして雨だ。それなのに足取りも軽く、この階段を上り慣れているようだ。やはり奈良井宿に住んでいるのだと確信した。

後ろ姿にも風情《ふぜい》がある。

女は階段を上り、正面上に見えている鳥居をくぐっていくと思っていたが、二十段ばかり上ると右に折れ、姿が消えた。

そこに女の家でもあるのだろうかと、慌てて石段まで急いだ宗方は、階段の上り口に

「八幡宮・二百地蔵・杉並木入口」と描かれた案内を見つけ、急いで女が消えたところまで駆け上がった。

そこには、「二百地蔵・杉並木」と書かれ、右への矢印の書かれた案内が立っていた。

お地蔵様でも見に行くのか、それともやはり住まいの方向なのかなどと考えながら、宗方も右に曲がった。

先方に杉の巨木が並んでいる。その間を歩いていく女を見失うまいとしながらも、あまり近づいてはいけないと、宗方は距離を保ちながら追った。

今まで、和服の女の後ろ姿をこんなにじっくりと眺めたことはない。しかも、和傘を差している女は珍しい。最初は全体が粋だと思って眺めていたが、そのうち、ふくよかな女の臀部が気になり始め、よからぬ妄想に駆られていった。

鍵の手で眺めた女の顔は色白だった。着物の下の女の肌も雪のように白いだろう。着物を剝《は》いだ臀部はどんなに色っぽいだろう。正面を向かせたら、下腹部にはどんな翳りが載っているだろう。男に抱かれるとき、どんな声を上げるだろう……。

あまりに他の観光客とは異質な女に、宗方は男としての興味をつのらせていった。

寒さも忘れ、杉の巨木まで近づいた。

杉並木は二、三十メートルしかないようだ。杉の木は二十本弱だろうか。

女がやっと立ち止まった。そして、今度は左に消えた。

近くで女を見たい気持ちは強くなる一方で、宗方は女が曲がった場所に急いだ。

雨に濡れる雪柳が重いほどに咲き誇っていた。そこはわずかな広場になり、その先に小さな祠《ほこら》があった。その前に古い地蔵が何体も並んでいる。祠へと続く階段があり、地蔵は、その中央の道を挟むようにして左右に段々に並んでいる。これが案内にあった二百地蔵だろうか。

女は祠への階段を上がると、和傘を畳み、雨に濡れないわずかな庇《ひさし》の下に立って手を合わせた。

宗方は地蔵の並んでいる手前から、女の後ろ姿を眺めていた。女は立っているだけで艶《あで》やかな雰囲気を漂わせている。

人妻だろうか……？

またそんなことを考えたとき、女がいきなりくるりと躰をまわした。

目と目が合った。

宗方は困惑したが、女は朱を塗った上品な唇をゆるめた。

「鍵の手あたりから、ずっといっしょでしたね」

気づかれていたとわかると極《き》まりが悪く、返す言葉もなかった。あまりの驚きに動悸《どうき》がした。けれど、鎮神社からと言われなかったことで、わずかにほっとした。

「ここにお詣《まい》りにいらしたの？」

「えっ？　ええ……先を歩いてらっしゃったものの、まさかここにいらっしゃるとは思いもしませんでしたけど」

これで何とかごまかせるだろうか。

ばつが悪かったものの、言葉を交《か》わしたことで、宗方は堂々と女に近づいた。

黒い着物と思っていたが、濃い紺地の和服で、白の細い縦縞《たてじま》が入っている。裾《すそ》には流水紋があった。白地の帯には、薄紫の菖蒲《しょうぶ》が描かれている。鼻緒は黒とグレイの格子柄で、今まで見えなかった細部までわかり、改めて女の粋さに心躍《おど》った。

「このお地蔵様に興味がおあり？」

ここに来るのが目的なら、何か知っていないとおかしい。けれど、宗方は二百地蔵についての知識はなかった。

「いえ、初めてで何も知らなくて。でも、ここも奈良井の観光地のひとつだから……」

案内が出ていたのは、そういうことだろう。

「二百地蔵と言っても、お地蔵様より観音様の方が多いの」

「へえ、そうなのか」

女が説明してくれたことで、宗方は少し肩の力を抜いて石仏を眺めた。

「苔《こけ》むしているし、古いんだろうな」

「ええ。奈良井宿は木曾いちばんの賑わいを見せていたところで、奈良井千軒と謳《うた》われたほど旅籠《はたご》も多い宿場だったたし、旅の途中でこのあたりで亡くなって無縁仏になった方も多いの。百年ほど前、鉄道の工事で取り除かれた野仏が、ここに集められたの」

「そうか、無縁仏になった旅人か……」

「今夜はどこにお泊まりになるの？」

「あ……いや……気儘《きまま》な旅なんだ。何も決めてない。さっき、古い町並みを眺めながら歩いていたら、ゑちごや旅館なんかいい雰囲気で泊まってみたいなと思ったけど」

「あら、二百年以上の老舗《しにせ》だわ。一日にふた組しか取らないの。急には無理よ」

「ふた組か……そりゃあ、訊《き》いてみるまでもないな」

「泊まれそうな旅館を教えてあげましょうか」

「えっ？　急でも泊まれるところがあるならありがたい」

「きっと大丈夫」

「知り合いか？」

「そうじゃないけど、そこなら大丈夫と思うから。後でお邪魔していいかしら」

部屋に来ていいかと訊いているのだろうか……。

宗方は、すぐには意味が理解できなかった。

「だめ?」

「部屋に来てくれるのか……?」

「そう。だめ?」

「ひとりだからかまわないけど……」

まだ半信半疑で女を窺《うかが》った。

「よかった。じゃあ、後で伺うわ。急だったけど、ここなら空いているかもしれないと言われたからと言えば、きっと泊めて下さるわ。ひと部屋ぐらいなら何とかなると思うから」

女は宗方が歩いた道沿いにある民宿の名前と場所を口頭で説明した。

「何も言われないかな……」

「どういうこと?」

「だから……きみが後で来たら、変に思われないかな」

女が旅行客ならともかく、ここに住んでいるのなら近所の手前もあるだろう。

「大丈夫。地酒でもお持ちしますね。夕食が終わったらお風呂にでも入って、のんびり待って下さいね」

「これからどうしよう……」

「宿でお昼寝でもなさったら？　私はもう少しここにいるつもりなの」

「じゃあ、僕ももう少しここにいていいかな……奈良井のことはちっともわからないから、いろいろ聞けると嬉しいし……そうだ！」

不意に塗櫛のことを思い出し、宗方は大きな声を出した。

女がびくりとした。

「脅《おど》かしてしまったかな……土産物屋で櫛を買ったのを思い出したんだ。ここの人にここで買った櫛を渡すのはおかしいけど、あなたの今日の着物に似合いそうで」

宗方はジャケットのポケットから包みを出すと、傘を肩に預け、不格好なしぐさでそれを開き、紙箱から半月型の塗櫛を取って差し出した。

「まあ、素敵。これを私に？」

女の表情が輝いた。

「よかったら……いえ、ぜひつけてもらいたいんだ」

女とこんなふうになるとは思っていなかった。話ができただけでなく、夜になったら部屋を訪ねてくると言っている。降って湧いたような幸運が現実にあるのだ。

恋人と別れてすぐに、この櫛と巡り会ったのは偶然ではなく、それからの時間を予測していたのかもしれない。この女のために求めたのにちがいない。この女以外に、この櫛の似合う女などいない。たいしたものじゃないかと、宗方は櫛を買った自分を誉めたい気がした。

「孔雀の羽根の絵とか。粋だろう?」

粋というのはこの女のためにあるのだと、土産物屋の女の言葉を借りた。

「ほんとにいただいていいのね?」

「つけてくれると嬉しい」

「ここがいいかしら」

女は傘を左手に持ち替えると、右手で受け取った紅い塗櫛を、優雅《ゆうが》な動きで束《たば》ねた黒髪に挿した。

「どう?」

「似合う……いやあ、本当にきみのために作られたようにぴったりだ……」

驚くほど櫛は黒髪に溶け込んでいた。長く女が使っている櫛ではないかと思えるほどだ。髪飾りなどしなくても女は色っぽかったが、紅い漆塗りの櫛を挿すと一瞬にして華やかになり、いっそう匂い立つ女になった。

「嬉しいわ……ありがとう。新しい櫛がほしかったの。これと同じ形の櫛、ずいぶん古くなっていたから」

女の唇がゆるむと、宗方はクラクラするほど欲望を感じ、躰の奥底から熱い塊《かたまり》が噴き出してくるように感じた。

「そういえば……櫛をプレゼントしたからというわけじゃないけど、まだ名前を聞いていなかった。僕は宗方……宗方秀和というんだ。きみは？」

「雪乃《ゆきの》」

「雪乃さんか……色が白いし、ぴったりだ」

二百地蔵の前で和服の女。名前は雪乃……。

宗方は奈良井という古い宿場町に足が向いたことに感謝した。

「あなた、秀《ひで》さんね……そんな名前だと思ったわ」

雪乃は髪に挿した櫛を、ほっそりした白い指先でさりげなく触れながら、はっとするほど妖《あや》しい視線を向けた。

秀さんと言われ、宗方は面食らった。

雪乃となら二百地蔵の前に何時間いても退屈しないと思ったが、先に宿を確保しておいた方がいいと言われ、それもそうだと、雪乃と別れて説明された宿に向かった。

二階の屋根が迫り出した出梁《だしばり》造りに黒い格子戸の宿で、奈良井宿らしい建物だとほっとした。しかし、泊まれるかどうか、まだわからない。

女将なのか、還暦間近と思える白髪が少し交じった愛想のいい女が出てきた。

「急ですけど、今夜、部屋は空いてますか？　町並みが気に入ったんです。もしかして、ここなら空いているかもしれないと言われて」

「この不況で、最近は空いてますよ。でも、今日はたまたま一杯で」

宗方は困惑した。ここに泊まらなければ、二度と雪乃に会えないかもしれない。雪乃の連絡先もわからない。ここで夜には会えると思って安心していた。

「一室も空いてないんですか……？」

「この辺りは大きなところはなくて、数組で一杯の宿や民宿が多いんです。でも、もし、狭い部屋でよろしければ」

「ひとりですからかまいません」

泊まれなければ雪乃と会えない。しかし、狭いと言われると、寝るのも窮屈《きゅうくつ》な広さだったらどうしようなどと考えた。

「今はほとんど使っていなくて、どうしてもと言われたときに使うくらいです」

「お願いします」

満室でもひと部屋くらい何とかなると思うと言った雪乃の言葉を思い出し、その部屋のことかもしれないと思った。

「では、ご案内します。気に入らなければ断って下さいね。客室は二階なんですけど、その部屋は一階なんですよ。だから、私どもだけでなく、お客様も不便かと」

宿の間口は狭いが奥行きがある。女将は黒光りした廊下を歩いていった。

狭いと言われたものの、八畳はある。天井の低い部屋だが、圧迫感はない。何もなければ十分な広さだろうが、座卓や鏡台が置かれているので狭くなっているのだ。

「奥ですし、二階の客室が中心になってしまって、思うように行き届きませんが、どうさいます？　断っていただいてかまわないんですよ」

「十分すぎます。後は放っておかれる方が気が楽ですから、おかまいなく」

かえってゆったりできる気がして気に入った。

女はいったん部屋を出て、ポットやお茶の用意をして戻ってきた。

「お風呂は、今なら、まだ他のお客様がいらしてないので、すぐに入れますよ。お風呂もそう広くないので、申し訳ありませんけど交代になりますから」

そう言いながら女は隅の開き戸を開け、宿の浴衣《ゆかた》とタオルを出した。そんなものが部屋に置いてある以上、意外と客が泊まっているのかもしれない。

「お客さん、朴葉餅、召し上がりますか？　よかったらお持ちしますよ」

空腹だったことを忘れていた。

「そう言えば、晩飯まで持ちそうにないな。いただきます」

宗方の口に唾液が溢《あふ》れた。

風呂に入って戻ってくると、車を運転してきたせいか疲れてうとうとし、食事が運ばれてくるまで寝入ってしまった。

「お酒はどうなさいます？」

「ビールを」

「この部屋には冷蔵庫がないのでお持ちします。すみませんね。冷たいお水などは、お布団を敷《し》くときに用意しますから。それから、二階のお客様が煩《うるさ》かったらすみません。元気な人達ばかりで」

女は恐縮した口調で言ったが、この部屋に女がやってくると知ったらどんな顔をするだろうと気になった。話は外でしてくれなどと言われないだろうかと、不安にもなった。だが、料理に箸《はし》をつけると、空腹だっただけに、しばらく食べるのに夢中になった。

鯉《こい》のうま煮はこってりとした味で、それだけでも、いくらでも食事が進みそうだ。このあたりで採れた山菜の天麩羅《てんぷら》やお浸《ひた》しなど、品数も多いし、味もいい。

やけに得した気がした。

ビールが空き、空腹が満たされると、雪乃は本当に訪ねてくるのだろうかと気になった。

地酒を持ってくると言っていた雪乃の言葉を覚えているので、ビールは一本だけにした。

他の部屋はグループ客でまだ呑んでいるとのことで、宗方の食事が早めに終わると、早々に布団が敷かれた。まだ七時過ぎだ。

小さめの座卓は壁際に置かれ、布団が敷かれると、さすがに狭い気がしたが、ビジネスホテルには、これ以上狭いところもあり、まだましだ。ただ、風呂が自由に使えないのが不便だ。

雪乃はいつ来るのだろう。もし来なかったら朝までが長すぎる。

二階から男達の笑い声が聞こえてくる。

やっぱり来ないかもしれない……。

そう思ったとき、

「入っていいかしら」

廊下で声がした。

宗方はバネ仕掛けの人形のようにさっと立ち上がり、引き戸を開けた。

「今晩は」

昼間と同じ、裾に流水模様のある濃い紺地の着物に菖蒲の描かれた白地の帯を締めた雪乃が、穏やかな笑みを浮かべていた。

「いいかしら」

「ああ、待ってたんだ。ここの人に何も言われなかったか？」

「えっ？ ああ、この部屋だと思ったから勝手に入ってきたの」

中に入って引き戸を閉めた雪乃が、くふっと笑った。

雪乃はこの宿のことを知っている。間取りもわかっているようだ。けれど、出ていくときに宿の者に何と言うのだろう。だが、そんなことより、本当に来てくれたことで小躍りしたいほどだった。

「はい、お酒」

座卓の上で、雪乃が器用な包み方をした風呂敷を広げると、大きな徳利《とっくり》が出てきた。

「重かっただろう」

「でも、ふたりで呑むならこのくらいなくちゃ」

雪乃は宗方の横に座ると、懐から茶色いぐい呑みをふたつ出し、大きい方を宗方に渡した。

「はい、どうぞ。美味《おい》しいお酒よ。やっぱり秀さんには浴衣がいいわね」

今日が初対面とは思えなかった。雪乃もすっかりくつろいでいる。

「注《つ》いでやろう」

宗方も雪乃のぐい呑みに酒を注いでやった。

雪乃の手元が動くだけで仄《ほの》かな甘い匂いが漂い、鼻腔《びこう》を妖しくくすぐった。香の匂いではないようだ。それなら、肌の匂いだろうか。それとも、艶やかに光る黒髪につけている髪油だろうか。酒の匂いではない。懐かしい気がして、どこで嗅《か》いだ匂いだろうと記憶を手繰《たぐ》り寄せようとしたが、思い出せない。

「不思議だな……」

「何が？」

「こうやってふたりで呑んでいるなんて。その櫛ももらってもらえるとは思わなかった」

雪乃がやってきたとき、紅い塗櫛を髪に挿したままとわかり、宗方はやけに嬉しかった。櫛と唇に載せた紅の色が、雪乃の色香を際立たせている。

雪乃の後ろを追いながら、着物の下の臀部はどんなに色っぽいだろう、下腹部にはどんな翳りが載っているだろう、男に抱かれるとき、どんな声を上げるだろう……などと考えたが、今、こうしてふたりきりになり、手の届くところにいる雪乃を見ていると、オスとしての欲求がむらむらと湧き起こり、引き寄せたい衝動に駆られた。

「今日はこの宿、一杯だと言われた。だけど、この部屋でよければと言われたんだ。狭いけど、外で呑むより、ここが温かくていい」

獣欲を抑えなければと思いながら、宗方は心を隠し、精いっぱい穏やかに話した。

「落ち着けるお部屋よ。私はここが好き」

雪乃が本心からそう言っている気がして、ほっとした。

「いつも二百地蔵にお詣りしてるのか？　雨なのに着物であそこまで行くなんて、たまたまとは思えなくなった」

鎮神社で手を合わせていたのも見ていたんだと口にしそうになり、慌てた。

「あそこには二百近いお地蔵様が並んでいるけど、それ以上の人達が、行きたいところや戻りたいところに辿《たど》り着けずに亡くなったの。会いたい人に会えずに亡くなったの。無縁仏ってことは、旅の途中で、どこの誰ともわからずに葬《ほうむ》られたってこと。悔しかったでしょうね」

「そういう人に対して手を合わせるなんてやさしいんだな」

「彼岸《ひがん》に旅立つとき、自分の身の上を諦めた人もいれば、きっと自分を探しに来てくれると信じて、待ち続けた人もいるの。待ち続けている人もいるわ」

「待ち続けたとか、待ち続けるとか、亡くなってから？」

「そう。おかしい？」

雪乃は小首を傾げて宗方を見つめた。

「いや、おかしくはないさ」

雪乃の言葉はすべて信じたい。雪乃をすっぽり包んでやりたかった。

「美味い酒だな」

「ふふ、よかった。どうぞ」

注がれても、ゆっくりと呑んだ。酒は好きだが、徳利を空にするのが惜しかった。

宗方以上に雪乃の呑み方は遅々としていた。だが、三十分もしないうちに雪乃の頬や瞼《まぶた》がポッと桜色に染まってきた。あまりの眩《まぶ》しさに宗方は困惑した。

雪乃に帰られるといけないと思い、何とか欲望を抑えているが、股間のものがむくむくと頭をもたげてきた。

「ねェ、秀さん……」

「朝からあちこち歩いていたから、ちょっと疲れてきたわ。お行儀悪いけど、帯を解いてもいい？」

「うん？」

雪乃の帯を解いてしまいたいと思っていた矢先だけに、心を読まれたのではないかと慌てたが、雪乃は疲れているだけだと思い直し、冷静にならなければと思った。

「楽にするといい。そう言えば、夕食は終わったのか？」

「ええ。帯、解いてもらえる？」

ぐい呑みを置いてしなだれかかってきた雪乃に、宗方の心臓が激しい音を立てた。

社会人になってつき合った女がお茶をやっていて、何度か着物を着ていたときにホテルに行ったことがある。初めてのときは帯の解き方もわからなかったが、今はわかる。

宗方は白っぽい帯締めを解いた。お太鼓が落ちる乾いた音がした。後は帯揚げを解き、帯を解いていった。

そこまでくると、宗方の勢いは止まらなくなった。

最初は帯だけ解くつもりが、細い白の縦縞の入った着物も肩から落とした。

雪乃は抵抗せず、宗方のなすがままだ。

宗方の息がますます荒くなった。グイと抱きしめ、唇を合わせた。雪乃はやはり拒《こば》まなかった。

この部屋に来て酒を呑み、帯を解いてと口にしたからには、先のことも許しているのだと、宗方はそれまでの不安から解放され、大胆に舌を差し入れた。

雪乃の甘い唾液を貪《むさぼ》っていると、肉茎が痛いほど暴れまわった。

オスの欲求として、すぐにでもひとつになりたいが、それではまるで節制のない十代の営《いとな》みだと、宗方は獣欲と闘った。

唇をつけたまま雪乃の胸元に手を入れた。掌《てのひら》の中で溶けてしまいそうな柔らかすぎる乳房の感触に、ひととき宗方の舌の動きが止まった。

唇を離し、いったん胸元から手を出し、左右に大きく割り開いた。ほっそりした肩とともに、つきたての餅のような白いふくらみがまろび出た。

「おう……」

これまで見たこともない極上のふくらみと、その中心で恥じらっているような淡い桜色の乳首に、宗方は思わず声を出した。そして、淡く小さな果実に吸いついた。

「あう……」

しめやかな喘《あえ》ぎに、宗方の肉茎がひくついた。

これほど柔らかい乳房があるだろうか。雪のように白く、それでいて温かく、長く触れていると溶けてしまうのではないかと思えるほどだ。

右を吸っては左を吸い、今度は舌先で果実を捏《こ》ねまわした。

「あはあ……あう」

すすり泣くようなメスの喘ぎに、宗方はぞくぞくした。女はこれほど艶やかな喘ぎを洩《も》らすのだろうか。今まで、これほど妖しい喘ぎは聞いたことがない。

雪乃は全身全霊で感じている。ひそやかな喘ぎだけに、いっそう深い快感が伝わってくる。若い女の快感ではなく、熟した女の悦《よろこ》びのようだ。

股間を疼《うず》かせる喘ぎを聞いていると、もっと悦ばせてやらなければという気持ちになる。簡単にひとつになってはいけないのだとさえ思えてきた。

いつになくねっとりと小さな果実を玩《もてあそ》んだ。舌先でそっとつついたり、唇の先で軽く吸い上げたり、上下左右に揺すったりした。

「あは……んんっ……はああっ」

切なげな喘ぎとともに、雪乃の足指が擦れ合うかすかな音がした。

昼間も素足に下駄を履いていた。部屋に入ってきたときも素足だった。乳首にも未練があったが、擦れ合う足指を見たくなった。

乳首から顔を離し、雪乃の上半身を傍《かたわ》らに敷かれている布団に、そっと倒した。

割り開かれた長襦袢《ながじゅばん》の身頃から剝《む》き出しになっているふたつの乳房の中心で、可愛い果実がしこり立っている。自分から帯を解いてと言った雪乃だが、恥じらっているような初々しく切ない表情が、宗方をさらに昂《たか》ぶらせた。

横にしても拒もうとしない雪乃だけに、何をされても許すつもりになっていると確信できる。

足元に躰を移した宗方は、うっとりするほどやさしい足に、ペディキュアも塗っていない足指が桜貝のように艶々と輝いているのを眺めて息を呑んだ。

這《は》い蹲《つくば》るように頭を低くした宗方は、足の甲に舌を滑らせると、桜色の爪を親指から小指へと舐《な》めまわしていった。

「んふ……」

むずかるように雪乃が腰をくねらせた。

長襦袢の裾から白い臑《すね》が見え、宗方の意識は、その先の太腿のあわいに飛んだ。

荒い息をこぼしながら長襦袢を捲《まく》った。長襦袢を伊達《だて》締めのところまで捲り上げ、膝が見えるまで最後の湯文字を開いた。

産毛一本ないつるつるの白い脚だ。それでも、ぽっと桜色に染まり、雪乃の体温が上昇しているのがわかる。

臑から膝へと指先で触れていき、それではもの足りず、その後を舌で追った。それから、湯文字を腰の上まで捲り上げた。

黒髪に似た艶やかな逆二等辺三角形の漆黒の翳りが、ふっくらした白い肉の丘陵に、雅《みやび》な黒い蝶が留まっているように静かに息づいている。

雪乃は目を閉じ、濡れた唇をかすかに開いていた。その唇がわずかに震えているようにも見える。

宗方は翳りに頬を擦りつけ、柔らかな恥毛の感触を楽しんだ後、鼻をつけて匂いを嗅いだ。妖しい匂いではなく、またも懐かしい香りがした。まるで高価な香でも染みついているようだ。

美しい翳りに感動しながらも、翳りを載せたワレメの中に潜んでいる女の器官への興味に、宗方の動悸はいっそう激しくなった。

「きれいだ……」

静かすぎるのが気になり、宗方はそう言った。

二階の客達はまだ賑《にぎ》やかに呑んでいる。その喧騒《けんそう》が耳に届いているのに、二階とここは別世界のようだ。

宗方は閉じているワレメを、傍らから左右の手でそっとくつろげた。

「あ……」

雪乃の口から短い恥じらいの声が洩れ、わずかに腰がくねった。それでも、逃げようとはしない。

ぬめった透明液でまぶされた女の器官が、パールピンクの輝きを放っている。小振りの花びら二枚は左右対称で、咲き開く直前のように、まだわずかしか開いていない。肉のマメを包んだ包皮のすらりとした流れは、美形の鼻のようだ。

漆黒の翳りを載せた丘陵の内側に隠れていた光り輝く桜色の器官に、宗方はひとときの息をするのも忘れて見入った。

雪乃の腰がまたくねった。催促《さいそく》しているようにも、羞恥のあまり、見ないでと言っているようにもとれる。だが、美味そうなゼリーに似た器官に誘われ、宗方は会陰から肉のマメへと舌を滑らせた。

「あう……」

腰がかすかに突き出され、雪乃の口から今までより艶やかな喘ぎが洩れた。

舌に触れたぬめりの豊富さに、十分に感じている雪乃がわかり、宗方はもういちど、同じように下から上へと舌を動かした。それから、秘口に唇をつけ、チロッと舌を出し、子宮へと続く祠《ほこら》に差し入れた。

「んんっ……」

雪乃の喘ぎが股間のものを疼《うず》かせた。

今度は包皮ごと、肉のマメを唇で包んだ。

ちゅるっとマメを吸い上げると、我慢《がまん》できないというように、雪乃の甘やかな喘ぎが広がった。

宗方は傍らから女の器官を愛《め》でていたが、雪乃の脚を割り、そのあわいに躰を入れ、太腿の付け根に頭を押し込み、媚薬のような雪乃の匂いを肺一杯に吸い込んだ。

こんなにもオスを刺激する甘美で刺激的な香りがあるだろうか。宗方は何もしないままに白濁液をこぼしそうになった。

ひとつになりたい気持ちはあるものの、まだまだ誘惑的な女の器官を愛でていたい。これほど香しい美形の器官を見たのは初めてだ。

花びらを一枚ずつ舐めまわしてはそっと吸い上げ、花びらの脇のぬめった溝も味わい、秘口に舌先を差し入れては、肉のヒダをぐるりと辿った。

「んふ……あう……はあああっ」

すすり泣いているようなしめやかな喘ぎに、宗方は肉茎を舐めまわされているようにゾクゾクした。女の器官に触れている舌先からも、同じような心地よさが伝わってくる。

「もう……もうだめ……ああっ！」

絶頂を極めた雪乃の腰が跳ねた。それから幾度となく総身が波打ち、喜悦の波が過《よぎ》っていった。

顔を離した宗方は、汗ばんだ雪乃の眉間《みけん》に寄った小さな皺《しわ》と濡れた半開きの唇の悩ましさを、まばたきを忘れて見つめていた。

ひときわ濃い女の匂いが、いつしかあたりの空気を染め変えている。

宗方は浴衣の下のトランクスを脱ぐと、悦楽の波が収まった雪乃に胸を合わせ、唇を塞《ふさ》いだ。

最初はじっとしていた雪乃が、唾液をむさぼる宗方の舌に、自分の舌を絡《から》めた。そして、宗方の唾液を奪い取り、コクッと喉を鳴らして呑み込んだ。

長い口づけだった。けれど、何時間でも唇を合わせていられそうだ。今までつき合った女とは、これほど長い口づけを交わしたことはない。舌を絡めるほどに、雪乃と魂まで深く結ばれていくような気がした。

ひとつになるのを忘れていた。こんなことも初めてだ。だが、不意に剛直が疼きだした。すでに疼いていたはずの肉茎だが、夢中で舌を絡めている間に、神経は舌先だけに集中していたのかもしれない。

乱れた長襦袢や湯文字が雪乃にまつわりついている。一糸まとわぬ姿より、乱れたものを身につけている方が妖艶だ。このまま雪乃を抱けば犯しているようで、獣の力が漲《みなぎ》ってくる。オスとして、美しいものを犯したい欲求がある。けれど、やはり脱《ぬ》がせてしまった方がいいだろうか……。

一瞬、宗方は迷ったが、総身を隈《くま》無く見たいと思う一方で、それは後でも見られる、今はこのまま乱れた妖しい姿の雪乃を抱きたいと思った。

上半身を起こし、右手を雪乃の下腹部に伸ばして翳りを分けた。そして、ほっくらした柔肉のワレメに指を入れ、花びらのあわいの秘口を探った。

「んんっ……」

雪乃の鼻から湿った喘ぎが洩れた。

どこもかしこもぬめりで一杯だ。痛いほど反り返っている肉茎を握り、宗方はぬめった秘口に亀頭を押し当てると、グィと腰を沈めていった。

「ああっ……」

「おお……」

雪乃の喘ぎと宗方の声がひとつになった。

温かくやわやわとした肉の祠に剛棒が包み込まれていくとき、宗方はそのまま溶かされていくような心地よさを感じた。

花壺の奥の奥まで肉茎が沈み、腰と腰が一枚の紙の入る余地もないほど密着した。

「いい……雪乃……最高だ」

宗方は震えるような感動を覚えた。

「嬉しい……ああ、いいわ……気持ちいい」

雪乃は桜色に上気した顔をうっとりとさせ、濡れたような目で宗方を見つめた。

腰を引き、またそっと沈めていった。肉のヒダはやわやわとしているのに、剛直の側面をじわりと締めつけてくる。その絶妙な感触に、髪の毛の生え際やアヌスまでそそけだった。

こんな花壺を持った女もいたのかと驚きながら腰を動かすと、ますます甘美な疼きが全身に広がっていった。

まるで二十歳のころのように、宗方の精気は漲っていた。いつもなら疲れるはずが、いくら腰を動かしても頑張れそうな気がする。激しい動きではなく、肉ヒダの感触を確かめるようにゆっくりと動いているせいだろうか。

「ああ……秀さん」

喘ぐ雪乃がときおり、宗方の名前を口にした。

「雪乃……」

宗方も雪乃の名前を呼びながら、より深く繋《つな》がりたいと、ときには腰を揺すり立てた。

雪乃の悩ましい顔が見られるだけで昂ぶり、正常位で長く突いていたが、もっと破廉恥《はれんち》な姿を見たくなった。

屹立を抜き、長襦袢を押さえている伊達締めを解いた。次に、湯文字の紐を解いて、雪乃の躰から剝ぎ取った。

長襦袢は脱がさず、そのまま雪乃をひっくり返して、長襦袢の裾を背中の方に捲り上げた。足袋《たび》を穿いていないので、長襦袢と肌襦袢を残しておいた方が破廉恥だ。尻だけ剝き出しになった雪乃の姿は、それだけでオスの獣欲を激しく刺激した。昼間、道ですれ違ったとき、近づけるはずのない女だと思っていた。そっと眺めるだけの女と思っていた。それが、今、目の前で雪乃は破廉恥すぎる姿を晒《さら》している。

宗方は息苦しいほど興奮していた。

後ろから挿入しようと思ってひっくり返したが、美しいだけに猥褻《わいせつ》な尻肉が魅惑的で、そっと撫《な》でてみた。

「あは……」

最初は皮膚の表面が緊張したが、撫でまわしているとほぐれてきた。宗方は谷間に隠れている後ろのすぼまりが気になった。今までそんなところに関心を持ったことはなかったが、今は雪乃の躰のすべてを見たかった。

ついに、両手で双丘の谷間を左右に割った。

「あ……だめ」

雪乃は掠《かす》れた声を出して尻をもじつかせたが、やはり逃げようとはしなかった。

「ここも可愛い……」

ひっそりと隠れていた茶巾絞りのようなすぼまりは、排泄器官とは思えないほど愛らしい。

宗方は双丘を大きくくつろげたまま顔を埋め、きゅっと締まったすぼまりを舐め上げた。

「あっ！」

雪乃の尻が緊張して跳ねた。

宗方は舌を中心につけ、捏ねまわして舐めまわした。

「あは……んんっ……あう……だめ……そんなこと……そんな恥ずかしいこと……」

我慢できないというように、雪乃が尻をくねらせた。その切ないような掠れた喘ぎに血が滾《たぎ》り、肉茎の疼きが増した。

花壺に挿入し、心地よい肉ヒダの感触にうっとりしていたが、もっと破廉恥に抱きたいという欲求から、雪乃をひっくり返したのを思い出した。

宗方は雪乃の腰を思い切り掬《すく》い上げた。そして、膝を割った。

真後ろから、ぬらぬらとぬめ光る妖しい女の器官が丸見えになった。

鼻血が出そうになった。美しすぎる雪乃が長襦袢を捲り上げられ、尻だけ掲げ、恥ずかしいところを晒している。こんな極上の女を自分の手で自由にしていると思うと夢のようだ。

昂ぶりに首を振りたくる剛直を透明液の溢れる雪乃の秘口に押しつけ、花壺に沈めていった。

肉ヒダが、さっき以上に妖しい触手をひろげて包み込んでくる。自分で腰を沈めていながら、雪乃に呑み込まれているような気がした。

頭を布団に押しつけ、横顔を見せている雪乃が愛《いと》しい。昔からこうやってきたような近しさを感じるのは何故だろう。ひとつになったことで、躰だけでなく、心までも一気に近づいたのだろうか。

こんな破廉恥な格好にさせても拒まない雪乃に、とめどない思慕《しぼ》の情が湧き上がってくる。

乱暴に扱えば壊れてしまいそうな雪乃だけに、宗方はゆっくりと腰を動かした。子宮を突き破るほどに一気に激しく動いて果ててしまいたい。そんなオスの欲求もあるが、じっくりと出し入れしたりぐぬりと動かすと、皮膚の表面が粟立つような艶やかな喘ぎが雪乃の唇からこぼれる。それを聞いていると、いつまでも甘やかな喘ぎが続けばいいと、激しい動きを辛《かろ》うじて堪え、ゆっくりと腰を動かすことになる。

雪乃は蜜を溢れさせている。結合部からうるみが会陰へとしたたり落ちていく。そして、ぬちゃっ、ぬちゅっ……と、破廉恥な抽送音もするようになった。

喘ぎと破廉恥な音が、宗方をいっそう熱くした。そうなると、いつまでもスローな動きを続けられるはずもなく、花壺を穿《うが》つ速度が増した。

「あうっ！　んんっ！」

悦びの声を押し出す雪乃が穿たれるままに揺れると、この世でもっとも美しいものを犯している気がして、宗方はますます昂ぶった。

「ああ、よすぎる……だめだ……雪乃、いくぞ」

グイっと腰を打ちつけて、宗方は雪乃の秘壺深く、多量の精を解き放った。

ひととき身動きできなかった。心臓だけが激しい音を立てていた。

やがて、精がこぼれないようにティッシュを当てて結合を解き、雪乃を仰向《あお》けにして、いっしょに横になった。

抱き寄せて唇を合わせていると、またむらむらとしてきた。信じられないほど短時間で肉茎が甦《よみがえ》った。

雪乃の右手が宗方の下腹部に伸びた。

ほっそりした指で肉茎を握られると、ぞくりと全身へと快感が駆け抜け、一気に爆《は》ぜそうになった。指の一本一本がリズミカルに動いては、今度は五本いっしょに撫で上げていく。

「ああ、よすぎる……またいくぞ……」

唇を離した宗方は歯を食いしばった。

雪乃の手が離れた。安堵《あんど》と落胆と混じり合った。だが、雪乃は躰を宗方の下腹部へ移すと、閉じていた浴衣をひらき、肉茎を手にして顔を埋め、亀頭をちろっと舐めた。

「おう……」

心地よすぎて、宗方の口から思わず声が洩れた。

雪乃が上品な唇で屹立を咥え込んでいった。それだけで快感に粟立った。唇で側面をしごき立てながら舌で肉茎を舐めまわしていく雪乃に、宗方の頭は朦朧《もうろう》とした。

「そんなにされると……すぐに……いくぞ」

何とか射精を延ばしたいと思うものの、耐えられそうにない。巧《たく》みな口戯だ。屹立を握る手も微妙に強弱をつけて刺激してくる。指と唇と舌で責められてはひとたまりもない。睫毛《まつげ》を揺らしながら動いている雪乃は、あくまでも上品だ。口戯などしたことがないような顔をしていながら、こんなにも男を悦ばせるのに長《た》けている。

「本当にそれ以上されると……」

雪乃の唇は、肉笠をコリコリとしごきたてた。

「うっ！」

呆気《あっけ》ない放出だった。

雪乃の動きが止まった。

口の中で爆ぜてしまった……と我に返って困惑したとき、雪乃がふたたび動きだし、白濁液の一滴もこぼすまいとするように肉茎の側面を唇でしごきたてていった。

下腹部から顔が離れたとき、雪乃の喉がコクッと鳴った。

「雪乃……呑んでくれたんだな……」

感激と疲れにやっとそれだけ言い、横に来た雪乃を抱き寄せた。

いつしか寝入っていた。けれど、下腹部の不自然さに目を覚ました。雪乃が肉茎に触れていた。それがわかると、またムクムクと肉茎が漲ってきた。

半身を起こして雪乃を倒し、正常位で交わった。

「ああ、いい……秀さん……もっと」

雪乃のしめやかな喘ぎが宗方の気力を甦らせた。

何かに取り憑《つ》かれたように、宗方は腰を動かしては雪乃の全身を舐めまわし、またひとつになって何度も果てた。

「お客さん……まだお休みですか？　お食事の時間ですが」

引き戸を叩く音に目が覚めた。

はっとして躰を起こした。

「すみません。寝過ごしてしまって。すぐに行きます」

八時を過ぎている。

やけに怠《だる》い。何度精を放ったかわからない。まるで十代のように何度も交わってしまった。

雪乃は！

はっとして周囲を窺ったが、すでに姿はない。いつ帰ったのだろう。まったく気づかなかった。

雪乃の肌の香りが漂っている。浴衣のまま雪乃と交わったので、そのままでいるのが憚《はばか》られ、怠い躰に鞭《むち》打ってジーンズとTシャツに着替えた。

雪乃と交わった痕跡《こんせき》を残しているとまずいと、掛け布団を捲ってみたが何もない。酒を呑んだが、その痕跡もなかった。雪乃が徳利もぐい呑みも持ち帰ったようだ。ごみ箱を覗いても、丸めたティッシュもなく、雪乃はそれさえ持ち帰ってくれたのだ。

大胆な口戯をした雪乃が、しとやかさも合わせ持っているとわかるだけに、これからどうしたら再会できるのかと、名前しか知らないことにうろたえた。

朝食の用意のしてある玄関近くの部屋に急いだ。

十人ばかりの男客がいたが、食事を始めてまもないようだ。深酒のせいで、男達もギリギリまで寝ていたのだろう。

衝立《ついたて》で仕切られた隅の席に案内されるとき、

「あら、いい匂い。まるでお香のような……」

女が宗方の服に鼻を近づけた。

確かに部屋には雪乃の香りが残っている気がしたが、服にまで染みついているのが信じられない。皮肉で言われているのかもしれないと、宗方は腹をくくった。

「あの……昨夜、夕食の後で僕の部屋に訪ねてきた女性、どこの人かご存じですか？　美味しいお酒を持ってきてもらったんで、つい呑みすぎて眠ってしまったんです。その間に帰られたようで、悪いことをしてしまったと思って……」

男達に聞こえないように、こっそりと訊いた。隠しておきたかったが、廊下の外まで雪乃の喘ぎは洩れていただろう。それに、雪乃のことをどうしても知りたかった。

「お泊まりの方以外、どなたもいらっしゃってませんけど、夢でも見られたんじゃあ」

女の軽やかな笑いは自然だ。

「黒っぽい着物に白い帯。紫の和傘の人ですが……」

「まあ、紫の傘じゃ、相当目立ちますね。黒い着物に白い帯も。そんなまじめな顔をして朝から冗談を言わないで下さい」

またクッと笑った女は、ちょうど椀を運んできた別の女に、

「ねェ、昨日の七時過ぎ、黒い着物に白い帯、紫の傘を差した美人は来たかしら。このお客さんに美味しいお酒を持ってきてくれたんですって。それも、部屋まで」

他の客を気にせず、おかしそうに訊いた。美人がつけ足されている。

「黙って奥の部屋まで？　ここは古くても、そんなに不用心な宿じゃありません。ねえ」

宗方は冷や汗が出たが、女同士、顔を見合わせて笑っている。

「このあたりの人と思うんだ。昨日の昼、雨の中を、鎮神社から二百地蔵まで歩いていっ

てお詣りしていたんだ」

「雨の中を着物で？　それとも、昼間はドレスのようなお洋服だったのかしら？」

女はわざとらしく言った。

「昼間もその着物と紫の傘で」

「あらまあ、雨の中をそんなに目立つ格好で端から端まで歩いたんじゃ、話題になってるわ。一キロあるんですよ。お客さんったらまじめな顔をして。それとも、雪女かしら。四月も終わるというのに今朝は山の方じゃ、雪なんですよ。はい、冷めないうちにどうぞ」

女ふたりは笑いながら出ていった。


外は昨日以上に冷えていた。小雨も降っている。

宗方は鎮神社で雪乃を探し、奈良井駅に向かって歩きながら、土産物屋すべてに入った。そして、不自然に思われないように、さりげなく雪乃のことを訊いた。

「きのう、黒い着物に白い帯で紫色の和傘を差した三十歳ぐらいの女性が、鎮神社から二百地蔵の方まで歩いていくのを見かけましたが、なかなか粋な人が奈良井宿には住んでいるんですね」

「何かのまちがいでしょう。というか、あの雨で着物はね……いいえ、仕事柄、毎日のように着てる人もいますよ。でも、紫の傘は知らないな。しかも三十ぐらいと言われると」

どこで訊いても、そんな言葉しか返ってこなかった。

そして、とうとう町並みを外れ、八幡宮の入口まで来てしまった。

二百地蔵に雪乃はいる。そう信じて階段を上がり、右に折れた。

杉並木に向かうとき、雨が急に雪に変わった。山では今朝は雪だと宿の女が言っていたが、東京で暮らす宗方は、四月末の木曾路の雪に驚いた。最初は信じられなかった。

旧中山道の面影を残す杉並木の道がうっすらと白くなっていく。その土を踏んでいくと、二百地蔵の右手前の雪柳が、昨日にも勝る白さで、たわわに咲き乱れているのが見えた。

もう少し進み、祠を見ると、八幡宮寄りの地蔵の前に、紫の傘を差した雪乃が背を向けて立っていた。

やっぱりいたと、宗方はあまりの嬉しさに言葉も出ないほど興奮した。

気配を感じたのか、雪乃がくるりと振り返って笑った。

「雪乃！」

駆け寄ろうとしたが足が動かない。

雪乃は黒髪から紅い塗櫛を外して掌に載せた。

「待っててよかった。秀さん、ありがとう」

雪乃は何度もお辞儀をすると、雪に同化するように消えていった。息が止まりそうになった。

雪がやんだ。

足が動くようになった。

雪乃の立っていた場所に駆け寄ると、地蔵の前に、朽ちた半月型の櫛が落ちていた。

『新しい櫛がほしかったの。これと同じ形の櫛、ずいぶん古くなっていたから』

櫛を渡したときの雪乃の言葉が甦った。

『彼岸に旅立つとき、自分の身の上を諦めた人もいれば、きっと自分を探しに来てくれると信じて、待ち続けた人もいるの。待ち続けている人もいるわ』

無縁仏のことを話す雪乃はそうも言った。

雪乃は待っていた男の元に行き着けず、ここで命果て、無縁仏になったのだ。そして、ここで男をずっと待ち続けていたのだ。それが自分だったのだと宗方にはわかった。

愛しい男に抱かれ、新しい紅い塗櫛を持って、雪乃は本当に旅立っていった。

宗方はいつの時代、雪乃と巡り会ったのか、前世のことは思い出せなかった。ただ、あの雪乃の肌の匂いだけは、魂が確かに記憶していたのを確信した。そして、後の世に生まれたとき、今度こそ同じ世界で結ばれると信じたかった。

「雪乃……」

宗方は奥歯を噛みしめ、しばらくその場に立ちつくしていた。

本書の収録作品は、すべて書下ろしです

一〇〇字書評

切り取り線

購買動機（新聞、雑誌名を記入するか、あるいは○をつけてください）	
□（　　　　　）の広告を見て	
□（　　　　　）の書評を見て	
□ 知人のすすめで	□ タイトルに惹かれて
□ カバーがよかったから	□ 内容が面白そうだから
□ 好きな作家だから	□ 好きな分野の本だから

●最近、最も感銘を受けた作品名をお書きください

●あなたのお好きな作家名をお書きください

●その他、ご要望がありましたらお書きください

住所	〒				
氏名		職業		年齢	
Eメール	※携帯には配信できません	新刊情報等のメール配信を 希望する・しない			

あなたにお願い

この本の感想を、編集部までお寄せいただけたらありがたく存じます。今後の企画の参考にさせていただきます。Eメールでも結構です。

いただいた「一〇〇字書評」は、新聞・雑誌等に紹介させていただくことがあります。その場合はお礼として特製図書カードを差し上げます。

前ページの原稿用紙に書評をお書きの上、切り取り、左記までお送り下さい。宛先の住所は不要です。

なお、ご記入いただいたお名前、ご住所等は、書評紹介の事前了解、謝礼のお届けのためだけに利用し、そのほかの目的のために利用することはありません。

〒一〇一-八七〇一
祥伝社文庫編集長　加藤　淳
☎〇三（三二六五）二〇八〇
bunko@shodensha.co.jp

祥伝社ホームページの「ブックレビュー」からも、書き込めます。
http://www.shodensha.co.jp/bookreview/

祥伝社文庫

上質のエンターテインメントを！　珠玉のエスプリを！

祥伝社文庫は創刊15周年を迎える2000年を機に、ここに新たな宣言をいたします。いつの世にも変わらない価値観、つまり「豊かな心」「深い知恵」「大きな楽しみ」に満ちた作品を厳選し、次代を拓く書下ろし作品を大胆に起用し、読者の皆様の心に響く文庫を目指します。どうぞご意見、ご希望を編集部までお寄せくださるよう、お願いいたします。

2000年１月１日　　祥伝社文庫編集部

妖炎奇譚《ようえんきたん》　官能アンソロジー

平成21年７月30日　初版第１刷発行

著者　睦月影郎《むつきかげろう》・森奈津子《もりなつこ》
草凪《くさなぎ》 優《ゆう》・菅野温子《すがのあつこ》
橘《たちばな》 真児《しんじ》・藍川《あいかわ》 京《きょう》

発行者　竹内和芳
発行所　祥《しょう》伝《でん》社《しゃ》
東京都千代田区神田神保町3-6-5
九段尚学ビル　〒101-8701
☎03(3265)2081(販売部)
☎03(3265)2080(編集部)
☎03(3265)3622(業務部)

印刷所　堀内印刷
製本所　ナショナル製本

造本には十分注意しておりますが、万一、落丁、乱丁などの不良品がありましたら、「業務部」あてにお送り下さい。送料小社負担にてお取り替えいたします。
Printed in Japan

ISBN978-4-396-33515-1 C0193

祥伝社のホームページ・http://www.shodensha.co.jp/

祥伝社文庫

藍川 京ほか
秘本 あえぎ
藍川京・牧村僚・安達瑶・北山悦史・内藤みか・みなみまき・睦月影郎・豊平敦・森奈津子

睦月影郎ほか
秘本 X《エックス》
藍川京・睦月影郎・鳥居深雪・みなみまき・長谷一樹・森奈津子・北山悦史・田中雅美・牧村僚

藍川 京ほか
秘戯 うずき
藍川京・井出嬢治・雨宮慶・鳥居深雪・みなみまき・睦月影郎・森奈津子・長谷一樹・櫻木充

雨宮 慶ほか
秘本 Y
雨宮慶・藤沢ルイ・井出嬢治・内藤みか・櫻木充・北原双治・次野薫平・渡辺やよい・堂本烈・長谷一樹

藍川 京ほか
秘めがたり
内藤みか・堂本烈・柊まゆみ・草凪優・雨宮慶・森奈津子・鳥居深雪・井出嬢治・藍川京

睦月影郎ほか
秘本 Z
櫻木充・皆月亨介・八神淳一・鷹澤フブキ・長谷一樹・みなみまき・海堂剛・菅野温子・睦月影郎

祥伝社文庫

藍川 京ほか
秘本 卍《まんじ》
睦月影郎・西門京・長谷一樹・鷹澤
フブキ・橘真児・皆月亨介・渡辺や
よい・北山悦史・藍川京

櫻木 充ほか
秘戯 S（Supreme）
櫻木充・子母澤類・橘真児・
菅野温子・桐葉瑶・黒沢美貴・隆矢
木士朗・高山季夕・和泉麻紀

草凪 優ほか
秘戯 E（Epicurean）
草凪 優・鷹澤フブキ・皆月亨介・
長谷一樹・井出嬢治・八神淳一・
白根 翼・柊まゆみ・雨宮 慶

牧村 僚ほか
秘戯 X（Exciting）
睦月影郎・橘真児・菅野温子・
神子清光・渡辺やよい・八神淳一・
霧原一輝・真島雄二・牧村僚

睦月影郎ほか
XXX《トリプルエックス》
藍川京・館淳一・白根翼・
安達瑶・森奈津子・和泉麻紀・
橘真児・睦月影郎・草凪優

睦月影郎ほか
秘本 紅の章
睦月影郎・草凪 優・小玉二三・
館 淳一・森奈津子・庵乃音人・
霧原一輝・真島雄二・牧村 僚